GAEA

Gaea

After Sun Goes Down

日落後

長篇 10

星子——著
BARZ——插畫

日落後

角色介紹

張意

原本是只想好好過日子的黑社會，但擁有能抵抗黑夢的結界潛力，被「畫之光」頭目伊恩相中成為接班人。在台中與黑摩組的攻防戰中，意外發現自己能藉著之前到手的莫小非黑夢戒指，與黑夢中的壞腦袋溝通……

長門櫻

伊恩的養女，畫之光夜天使的成員，以三味線為武器。因為幼時的悲劇，聽不見，也無法說話，平時靠白色九官鳥神官與外界溝通。共患難後，認定張意為人生伴侶。

伊恩

畫之光的創辦者與首領。在黑夢結界中遇到張意，發現了張意對抗黑夢的潛能，選擇了張意作為自己的接班人。因為鬼噬咒，現在只剩下一隻手與一隻眼。在協會魏云醫生的幫助之下，延長了開眼時間。

摩魔火

紅毛蜘蛛，伊恩的隨身侍從，也擔任畫之光夜天使教官，自稱是張意的「師兄」。利用蛛絲操縱張意的四肢在戰場上活躍。最怕的是被封在伊恩愛刀七魂裡的老婆——雪姑。

孫青蘋

與外公種草人孫大海相依為命、目標成為私家偵探的大學生。遭黑摩組攻擊失散後，與靈能者協會除魔師盧奕翰及夜路同行。輾轉來到古井結界，向穆婆婆學習操控神草，慢慢累積實力、與協會眾人一齊對抗黑夢……

盧奕翰

靈能者協會的除魔師。體內封印著餓死小鬼，能將吃入肚子的食物轉化為施法戰鬥用的魄質，不過平時都讓小鬼沉睡著，只在必要時刻喚醒。

夜路

作家，代表作為《夜英雄》系列。同時也是轉包靈能者協會外包案件的仲介人。體內被封著鬆獅魔與老貓魔駱有財，可以靠著這一貓一狗作戰。

安娜

獨來獨往的異能者，平時接受協會的外包案件、賺取酬勞。人脈寬廣、手腕高明。因為操使著一頭長髮，而被通稱為「長髮安娜」。成功將穆婆婆帶離宜蘭後，在台中與協會共同構築防禦中……

郭曉春

天才傘師。能自由揮灑從爺爺阿滿師處學得的家傳絕技——十二護身傘。現在與爺爺會合，祖孫一起守著穆婆婆。

穆婆婆

因為當年戀人葬身宜蘭蘇澳老樹古井，而隱居蘇澳、常守古井旁。雖然基本上不過問外界事情，但是黑夢大戰開打後，這口古井與老樹也成了兵家必爭之地。但因為黑夢來襲，被安娜等人下藥帶離了宜蘭……

硯天希、夏又離

硯天希是大狐魔硯先生的女兒，人狐混血的百年狐魔。小時候因為重傷，而失去肉身、被封印入夏又離體內。因緣際會，夏又離與黑摩組相遇，也發現了天希。又離與黑摩組決裂後，成為靈能者協會列管的異能者，繼續過著與天希共用身體的日子，最後捲入黑夢大戰，輾轉來到宜蘭。雖然天希腦袋混亂，導致他們互搶身體主導權、暴走多次。而後在宜蘭古井結界之戰時，天希竟然煉成了魔體，不過兩人身體仍連在一起……

黑摩組

原本隸屬於黑組織四指，但經過一連串瘋狂計畫，終於掌控了四指。以安迪為首，還有宋醫生、莫小非、邵君與鴉片等，被稱為黑摩組五人，當年眾人都沒想到過這瘋狂的小組織，將會為日落圈子帶來最恐怖的夢魘。他們以西門町為中心建立起黑夢結界，帶來了混亂與絕望。在宜蘭古井結界與穆婆婆等人硬碰硬，甚至取得了優勢，但後來遭畫之光援兵與醒來的伊恩重傷而暫時撤退。但是他們馬上調整了計畫，準備奪取協會存在台中維持防線的魄質來壯大黑夢……

日落後

日落後 —長篇— 10

目錄

01夢遊

「壞……腦袋？」

張意望著這灰色小房間裡床上那彷如大酒桶般的醜怪大頭，只覺得「壞腦袋」三個字聽來有些耳熟，但一時卻想不起來在哪邊聽過。他怯怯地問：「壞大哥，你……你找我有什麼事？」

「我找你？」壞腦袋咦了一聲，說：「我什麼時候找你啦？我連你是誰都不知道，找你幹啥！你們研究我幾百年，終於成功啦！既然成功，還綁著我幹啥？裝神弄鬼幹啥？」

「成功？什麼成功？」張意不解地問：「我……我不懂你說什麼呀壞大哥……咦，怎麼你頭底下這身體是假的？你只剩一顆頭？」

「你逗我呀，小王八羔子！」壞腦袋氣憤地說：「我的身子不就是你們拿去的嗎？也不知拿去哪裡玩。你們現在成功打開我腦袋裡第十道鎖啦，能直接進我的夢裡和我說話啦，你們稱心如意啦，終於可以用我這顆腦袋裡全部的力量啦，我誠心恭喜你們這些混蛋王八羔子呀——」

「呃……」張意嘆了口氣，說：「我還是聽不懂壞大哥你說什麼呀，你……啊！等等！我想起來了，之前……那個大狐魔說過你的事情，你是壞腦袋！」

張意總算想起之前受困黑夢與硯先生短暫同行時，曾聽硯先生提過這壞腦袋。

「啊？」壞腦袋咦了一聲，說：「你說什麼？你認識那臭狐狸？是那臭狐狸搞的鬼？難道我又中了他的計啦？那臭狐狸現在在哪裡？」

「什麼？」張意愕然搖頭，被那壞腦袋連珠炮似地逼問，一時不知該如何回答，只好說：「臭狐狸……你是指大狐魔硯先生？他……他……」

「硯先生？他現在叫硯先生？」壞腦袋發出一陣沙啞尖銳的笑聲，說：「那隻臭狐狸替自己取這個噁心渾號，他終於也想當人啦！我就猜是那個混蛋王八羔子設計騙了我，他現在在幹啥？」

「我不知道，但老大他們猜……硯先生可能被黑摩組抓起來了……」張意當時在忠孝橋脫逃時，硯先生仍與安迪僵持對峙。他們無人得知硯先生的後續下落，伊恩只能大略憑著安迪使用的法術，推斷安迪想要活捉硯先生。

「什麼？」壞腦袋先是一愣，跟著說：「什麼黑摩組？那是誰？天底下有人能抓住那臭狐狸？等等！你說的硯先生，跟我說的臭狐狸，是同一隻狐狸嗎？」

張意不明白壞腦袋的意思，兩人雞同鴨講半晌。壞腦袋先要張意形容硯先生的模樣，聽他說是個矮小老頭，便連聲說「不」；又聽張意說起硯先生瘋瘋癲癲，更氣呼呼地說：「他不是瘋瘋癲癲，他是混蛋討厭！」

「你說的那怪傢伙根本不是那隻臭狐狸！」壞腦袋這麼說，卻又有些遲疑。「但……你卻說他對你提起過我？」

「是啊，他眞提過你……」張意繼續說：「他說你是他的老朋友，他最喜歡和你打架……」

「朋友……」壞腦袋聽張意這麼說，哼哼地說：「我倒從來不知道他將我當朋友……咦？難道眞是他？你說說看，他打架都用什麼招式？」

「招式？」張意呆了呆，說：「他用一種叫什麼墨……墨……我忘記名字了，是一種可以凌空畫符的法術。」

「畫符？」壞腦袋哈哈大笑：「那臭狐狸大字都不認識一個，哪懂得畫符！我說的那隻狐狸，最愛放出一大堆狗咬人啦！」

「放狗？對對對！」張意點頭如搗蒜地說：「就是放狗，硯先生也會放狗，就是那凌空畫符法術裡的其中一種，他的女兒硯天希也會放狗！」

「什麼，那臭狐狸有女兒？」壞腦袋訝然大叫半晌：「我不相信臭狐狸那討人厭的壞個性娶得到老婆，還能生出女兒！」

「硯先生他……」張意想起當時硯先生和夏又離都分別大略提過硯天希的身世，便簡單講了出來：「他殺了一個男人，再變作那男人的樣子，去捉弄那男人的未婚妻，還和她生了個孩子……」

「什麼！啊呀！那應該就是他了！」壞腦袋驚呼說：「天底下也只有那壞狐狸幹得出這種壞事……」他說到這裡，突然靜默半晌，緩緩說：「我明白了……我躺了幾百年，那臭狐狸當然也和以前不一樣了……煉出了人身、取了個人名、還生了個女兒……連法術也變得和以前不太一樣了……」

「你剛剛說……」壞腦袋問：「他被黑摩組抓起來？黑摩組又是哪號人物？」

「黑摩組不是一個人，是四指底下一個小組織。」張意說：「但現在已經變成天大的恐怖組織了……」

「四指？」壞腦袋訝然問：「你不就是四指的人？」

「不是呀！」張意說：「我正被四指追殺呀！」

「你不是四指，那你怎麼能和我說話？」壞腦袋說：「我被四指弄成這副樣子，有好幾百年的時間啦！他們騙了我！囚著我、縫著我眼睛、拿走我身體，就爲了我腦袋裡藏著的祕密！」

「我……我也不知道。」張意說：「我戴上了他們其中一人的戒指，就……看到壞大哥你啦……」

「你不是四指的人，光是戴個戒指就能進入我的夢和我說話？」壞腦袋更加訝異。「我聽你吹牛！你知道要直接和我說話，是多麼困難的事情嗎？四指那些笨蛋花了好幾百年都辦不到……不過，就在不久前，有兩個不簡單的傢伙，打開了我腦袋裡『第九道鎖』之後，也能這樣跟我說話啦……不過他們還差你一點，他們的聲音聽起來像是從土裡透出來，不像你現在像是站在我眼前說話一樣。」

「什麼第九道鎖、第十道鎖……」張意搖搖頭說：「那到底是什麼？」

「我怎麼知道是什麼！」壞腦袋氣憤地說：「還不是你們……是四指那些傢伙自己發明的鬼說法……最初，我只是想和他們合作，把我的造夢術修煉得更厲害點，好好教訓那臭狐狸一頓。誰知道四指想要獨吞我這造夢術，其實他們想要，我教他們就是了，但偏偏那些蠢材怎麼也教不會，他們覺得我的腦袋和他們不一樣，想要研究我的腦袋……所以這樣囚著我！他們說我腦袋裡有十道鎖，每解開一道鎖，就能從我的腦袋提煉出更高明的造夢術……其實我哪知道那些鎖是什麼玩意兒呢！平時我想造夢就造夢，哪來這麼多工夫……怎麼，他們研究了這麼久，卻被你這來路不明的怪小子破解了？你說說，你怎麼破解的？」

「我不知道怎麼破解啊……」張意無奈地說：「我只是……好像天生和別人有點不一樣……比較會逃跑吧……我其實是個膽小鬼……」

「這就是啦！」壞腦袋哼哼地說：「有些事可以練、有些事練不來；那些練不來的東西，練一百年還是他媽的練不來！爲了一件練不來的事，這樣囚了我好幾百年，眞是王八羔子……」

「等等！」壞腦袋像是又想起硯先生。「你剛剛說那臭狐狸也被四指抓了？他被抓去哪啦？該不會也和我一樣，只剩下一顆頭了吧哈哈哈哈！」

「我不知道……」張意說：「但如果他也被抓走，現在……應該跟壞大哥你困在同樣的地方吧，我記得剛剛我是從西門町一棟樓飛進來看見你的。」

「西門町？我現在就在西門町？」壞腦袋驚訝地說：「你說那臭狐狸被關在跟我一樣的地方？他也在西門町？」

「壞大哥，原來你知道西門町呀？」張意有些訝然，即便他過去學校成績糟糕透頂，但至少也知道這壞腦袋自稱被四指囚禁了幾百年，但那個時候甚至連台北城都沒動工興建，更別提西門町這地方了。

「是啊。」壞腦袋說：「我睡了幾百年，日日夜夜都看著其他人的夢，各種國家的人，黑皮膚、白皮膚、黃皮膚的人，直到最近——我看見的夢全都是同一個國家、同一種膚色的人作的夢，我在他們夢裡最常看見的地方，就是台北裡頭的西門町！」

「什麼？你眼睛被縫著，卻能夠用夢看東西？」張意更驚訝了。「那你現在是睡著還是醒著？」

「睡著啊，我正在說夢話呢！」壞腦袋說：「你現在就在我的夢裡，你不知道嗎？」

「什麼？我在你的夢裡？」張意更加訝然，只見這小床四周陡然光彩閃動，出現一個又一個古怪畫面；那些畫面有的朦朧、有的清晰，大大小小、或方或圓地堆疊成小房間裡的四面牆和天花板。

「是呀，你能直接跟夢中的我說話，過去沒有一個人做得到，就連那兩個厲害的傢伙也辦不到，他們還得花費點工夫讓自己半睡半醒，才能和我說話。而且……這還是在打開了我腦袋裡『第九道鎖』之後，才能那樣跟我說話，在更之前，他們想跟我說點話，可費工夫啦！哈哈！」壞腦袋呵呵笑著說：「所以，小子，你現在是睡著還是醒著？」

「我……我也不知道……」張意這麼說，突然搖了搖頭、睜開眼睛，眼前依舊是那結界小空間，長門失神地依偎在他懷裡、摩魔火和神官也持續暈眩恍惚。

他嘴巴動了動，感到有喉嚨有些乾燥，這才意識到剛剛那番與壞腦袋的對話，全透過心神傳遞。

此時小空間外的邵君，正透過黑夢，與台中港的莫小非有一搭沒一搭地閒聊，似乎一點也沒發現躲在小空間裡的張意，意識竟溜過了大半個台灣，跑去台北西門町和壞腦袋聊起天來。

「壞、壞大哥……」張意又閉起眼睛，只覺得畫面咻地又回到了壞腦袋那小灰室裡，室裡依舊閃爍著各式各樣的畫面。「我應該是醒著，但一閉起眼睛就跑來你這兒了。」

「有這種事？那……你以後常來跟我說話好了，我被這樣關著，雖然有看不完的夢，但也有點膩啦……」壞腦袋這麼說，突然嚷嚷起來：「不對、不對，你有這身本事，那應該可以來救出我啦，能睜著眼睛、用嘴巴說話，何必作夢呀，快！快來救出我，我會報答你！」

「救你？」張意說：「我……我連自己能不能活下去都不知道啦，怎麼救你呀……」

「什麼？」壞腦袋不解地問：「你生了重病？」

「不是……」

「你沒東西吃要餓死了？」壞腦袋又問。

「不是啦！」張意哭笑不得地說：「我被四指追殺，就是……就是那些關著你的那些大惡棍啊！」

「你也被他們追殺？你到底是誰？你又是爲什麼跟四指勾搭上啦？」壞腦袋再問。

「不是我跟他們勾搭上，而是……」張意嘆著氣說：「他們用壞大哥你那腦袋的力量到處開戰殺人，我才不想惹他們……但他們死纏爛打，他們知道我天生不怕黑夢的體質，也想要抓我回去研究，我現在……我現在就快被抓到了！」

「什麼？」壞腦袋嘰哩咕嚕地纏問半晌，這才稍稍理解黑摩組跟四指之間的關係，以及張意此時處境。他喃喃地說：「是了，原來他們研究我這腦袋，就是想要征服世界呀……我還不知道我這腦袋竟這麼厲害……等等，不對！」

「小子！你說的沒道理！」壞腦袋又說：「他們用我腦袋的力量，幹了這麼大壞事、殺了這麼多人，但你現在能夠用我腦袋全部的力量了，又怎麼會打不過他們？」

「我……我怎麼知道你腦袋全部的力量要怎麼用啊！」張意哎呀呀地說：「我也是第一次跟壞大哥你說話呀，我根本不懂你們說的力量……哎呀，等等，又有人來了，是……是他！是宋醫生！」

張意察覺周遭力量變化，睜開眼睛，只見小門方孔欄杆外，有個身影飛身落下，正是宋醫生。

宋醫生跟邵君交談幾句，矮下身往方孔裡頭看了幾眼，跟著伸手按在小門旁兩面牆上。

宋醫生按牆半晌，回頭望了邵君一眼，說：「我的手伸不進這小子的結界，就算加上了黑夢的力量，也沒辦法動搖他的結界。」

「我就說吧。」邵君攤了攤手。「小非還怪我不用心練習黑夢。」

「但這個洞……」宋醫生蹲下身，透過小門方孔欄杆和裡頭發著抖的張意大眼瞪小眼，伸手要抓那方孔欄杆。

「別把手伸進去！」邵君提醒：「那是陷阱。」

「陷阱？」宋醫生咦了一聲，瞥見倚靠在小空間裡的七魂，這才明白邵君的意思，便將手按在地板上，讓腳邊地板伸出一隻隻細手。

那些細手穿過方孔欄杆，嚇得張意尖聲怪叫。

七魂紅光乍現，將逼近張意的幾隻細手盡數斬斷。

「嗯……」宋醫生又試了幾次，搖搖頭說：「所以這小子一來不怕黑夢，二來能造出堅固的結界，三來又有七魂護身——就不知道七魂斬不斬得斷影子。」

「你說小非的影子？」邵君搖搖頭。「肯定斬得開，之前七魂連小非的手腳都斬下了，我看不如在小洞外生把火，燻昏他算了。」

「這主意倒不錯，不過先試試我的方法。」宋醫生突然想到了什麼，站起身來，在牆上敲敲按按，跟著彈了彈手指。

只見小門周圍堆疊起一塊塊黑磚，每塊黑磚都黏糊糊地像是沾染著奇異汁液，在小門前堆成了一圈有如土窯窯口般的構造。跟著宋醫生又彈彈手指，那窯口前唰地立起一座怪異風扇。

宋醫生瞧了瞧那窯口，接連彈了數記手指，在那窯口和風扇之間補上更多軟黏黑土，然後，風扇開始轉動。

「你想讓他缺氧？」邵君見這窯口上的風扇開始轉動，且是向外抽風，這才明白宋醫生利用黑夢力量造出這怪東西，原來是想將那小空間裡的空氣抽光。便說：「要是他把七魂刀伸出來，就可以破壞你這東西。」

「那就表示這招有效。」宋醫生指指這小室上方入口，說：「那樣我們可以退遠點，造個更大的抽風室，七魂裡的切月無堅不摧、什麼都斬得斷，但是抽光了空氣，沒東西讓她斬，刀再利，也無用武之地。」

「哦——」邵君點點頭，像是不反對宋醫生這實驗。

他們足足等這風扇轉動十分鐘，宋醫生這才彈指撤去那些黑磚和風扇。

然後宋醫生矮下身子，向方孔望去，卻驚呼一聲。

邵君跟著蹲下，也往方孔裡望，同樣怪叫起來——

「人呢？」

方孔裡那小空間大小依舊，但空空如也，張意、長門和七魂已經消失無蹤。

兩人站起身，相望一眼，邵君陡然抬腳往那小門一踹，轟隆一聲踹爛那小門，跟著彎腰一把將塞在小空間裡的爛門扯出，往裡頭上下左右那凹凸不平的土壁拍了拍，全無異狀，張意他們就像是憑空消失了一般。

02黑桃二

「哇塞，壞大哥，你教的方法真的有用呀！」張意驚喜地大喊起來。

他的眼前是一片遼闊田野，背後則是包圍在航廈外圍的黑夢建築群。

十幾分鐘前，他還受困在那結界小空間裡驚恐地向壞腦袋求援，而宋醫生正剛建好那窯口，指揮風扇抽風。

當時壞腦袋教張意用腦袋撞牆，張意撞了兩、三下，將額頭撞得暈眩發疼也撞不出新出口，但咬緊牙關撞第四下時，整個人卻摟著長門撲進一處怪異新空間——那空間昏昏暗暗，甚至稱不上是「空間」，他反倒覺得自己像是切進奶油蛋糕中的刀子般融入牆裡，感到身軀手腳有種難以言喻的黏滯感，像是整個人陷入正在凝固的水泥中一般。

但很快地他便開始能夠活動自如，周身那種古怪的黏滯感反倒成了助力，讓他能夠像是魚兒在水中撥水般移動，完全不感到吃力。

他摟緊長門，轉身探回那小空間裡，提起七魂和長門的三味線，又瞧了瞧隨身背包中的摩魔火和神官、伊恩斷手都安然無恙，這才「游」回那奇異空間裡。

此時的他閉不閉眼，都能清楚感應出四周黑夢力量的分布和各種古怪建築的構造。

他不停往前，覺得自己像是在游泳，卻不用換氣，且比游泳更加輕鬆；他又覺得自己像是在飛，身子卻有種被棉被包裹的安穩踏實感。

比游泳更快速、比飛天更安穩。

就像是在作夢一樣。

這就是完完整整的壞腦袋的力量，是四指數百年來處心積慮想要得到的力量。

不一會兒，他就「游」出了黑夢建築群，踏上清泉崗機場外的田野。

「壞大哥，長門還暈著，你能教教我怎麼讓她醒來嗎？」張意抱著長門嚷嚷了半晌，都得不到回應，這才想起他在這兒張嘴說話，壞腦袋可聽不見。他得透過莫小非的戒指、透過黑夢的聯繫，與身處在西門町萬古大樓地下十八層的壞腦袋的夢境「連線」，才能夠與壞腦袋對話。

張意閉起眼睛，瞬間回到壞腦袋的夢裡。

「什麼？」壞腦袋哼哼地說：「你都能闖進我壞腦袋的夢裡啦，卻不能將你愛人腦袋裡的夢趕走？」

「夢怎麼趕呀？」張意問：「難道一巴掌打醒她？」

「就……一巴掌打醒吶！」壞腦袋想了半晌，也不知道該怎麼指點張意，他只好說：「你試看看，揍到她醒來爲止！」

「什麼……」張意莫可奈何地睜開眼睛，托著長門蹲下，騰出手來，盯著懷抱裡的長門，卻怎麼也打不下手，索性先放下長門，從背包裡撈出神官試驗。他先拍了拍神官腦袋，再抓著神官身子大力晃動起來。「醒醒！醒醒！」

「怎麼回事？怎麼回事？」神官陡然尖叫起來。

「啊！眞的有效啊！」張意連忙鬆手，對神官解釋：「你們被黑夢弄暈了，我試著救醒你們。」

「什麼？」神官慌亂掙扎飛起，撲到一旁的長門懷中，不停撥彈細弦。

「讓我來……」張意托起長門，輕輕拍著她的臉，卻喚不醒她，只好說：「神官兄，情況緊急，我用巴掌打醒長門，你……你不會生氣吧？」

「你要打長門小姐？」神官才剛被喚醒，一時搞不清狀況，聽張意說要打長門，倏地飛撲到張意腦袋上，大力啄咬起來：「那我會殺了你！」

「哎呀、哎呀，神官兄你別生氣，我想想其他辦法……」張意一面甩頭躲避神官啄擊，一面晃著長門，見她神情迷濛、身子柔軟，陡然間想起一個家喻戶曉的童話故事——

是一個王子喚醒沉睡多年公主的故事。

他記不起那故事的前因始末，但知道那王子使用的方法。

他托著長門肩背、頸子，低下頭朝著長門雙唇深深一吻。

那瞬間，他感到自己的身體幾乎要跟長門融合爲一，一個又一個的畫面自他眼前飛過，那是長門的夢，是一些意義不明的風景畫面。

跟著，他聽見一陣陣尖銳卻不刺耳的奇異弦音，遠遠地傳來。

敲鐘般地敲進他的大腦。

然後，所有畫面戛然而止。

張意感到懷中長門身子顫了顫，連忙鬆口，就怕長門在初醒驚恐中本能地掐斷他咽喉或是頂碎他要害。

但長門卻沒太大反應，只是緩緩坐直身子，輕輕揉著腦袋。

「張意先生，你別緊張……」神官說：「我告訴長門小姐，你在救她，她知道你沒有惡意……」

「原來……那是神官兄你的琴弦聲音。」張意這才知道他剛剛在長門夢中，聽見的那一陣陣弦音，是神官撥出的弦音。

「現在就剩師兄你了，醒醒、醒醒……」張意從背包裡捧出摩魔火，輕輕拍了拍，再大力搖晃起來，但晃動半天，摩魔火就是不醒。

他高高托起摩魔火，另一手拇指扣著食指，做出要彈摩魔火身子的姿勢。

摩魔火陡然蹦起，一口咬著張意手指。

「啊呀，師兄！我是要叫醒你！」張意哇哇大叫，甩起手來，摩魔火卻怎麼也不鬆口，用一雙大牙鉗著張意手指，氣憤地說：「我早一步醒來了，見到你對長門小姐不禮貌，本來想教訓你，但看到神官沒反應，想你大概在幫助長門小姐抵抗黑夢，所以放你一馬……」

「是啊，我是在對抗黑夢沒錯啊……你知道還咬我？」張意怪叫著，總算甩開摩魔火。

「同樣是抵抗黑夢，爲何你親吻長門小姐，卻想用手指彈我？」摩魔火頭胸上複眼閃爍，倏地攀回張意頭頂。「你什麼時候跟長門小姐這麼親近了？你偷偷幹了什麼好事？」

「我……我怕師兄你醒來咬爛我的嘴……」張意無奈地甩著手。「黑夢說來就來，我哪有時間幹好事……」

「這是哪裡？」摩魔火眺望眼前的田野，再轉身望著後頭黑夢建築，一下子還搞不清楚狀況。「怎麼回事？我們怎麼不是在機場裡？」

「師兄！我說了你可別嚇一跳。」張意得意地舉起手，對著摩魔火和長門揚了揚右手小指上的戒指。「剛剛……」

「你這混蛋，這麼光明正大地戴這四指的髒東西，就算老大要你研究，你也低調一點研究——」摩魔火不等張意解釋，立刻就大罵起來，還揚起毛足打他腦袋。

「啊呀，師兄你講不講理，先聽我說……啊！又是誰？」張意哇哇大叫，陡然跳了起來，他感到斜前方有股力量快速竄來——

鴉片。

鴉片本來在遠處那些法陣前守著那些石箱，以免被其他協會伏兵破壞。他遠遠聽見張意慘叫聲，正覺得奇怪，本來以爲是邵君在玩弄人質，但透過黑夢力量與邵君、宋醫生聯繫，這才知道那與眾不同的張意竟仍在逃亡中，這才動身趕來抓人。

「別跟他硬打，跟我來！」張意見到長門提著三味線像是想去迎戰鴉片，連忙也拾起七魂，拉著長門胳臂轉身往黑夢建築群方向奔去。

「師弟，你想幹嘛？」摩魔火大叫。

「張意，長門小姐問你要往哪走？」神官嚷嚷。

「拜託大家信我一次——」張意可沒時間解釋，頭上頂著摩魔火，拉著長門衝到那黑夢建築群前頭，閉起眼睛大喝一聲，一頭往牆上撞去。

磅的一聲，他撞了個眼冒金星，反彈摔倒在地。

「沒用的傢伙，你見到黑摩組魔頭，嚇得想要自盡？」摩魔火怪叫。

「師兄……我是突然想起……你在我頭上。」張意哀號解釋著。「怕撞爛你……你退開點，讓我再撞一次……」

長門一把將張意拉起，見他再次撞牆，連忙伸手擋住他的額頭。

「張意先生，你到底在做什麼？」神官驚叫。

「師弟，現在換你被黑夢弄壞腦袋了？」摩魔火大嚷。

「不……不是，你們看！」張意被長門揪著胳臂按著頭，一時間沒辦法撞牆，回頭見鴉片竄得跟風一樣快，眼看就要殺來，只好一腳往前踹去。

「喝！」摩魔火和長門見到張意的腳竟插進了黑夢建築群的牆裡——他並非以蠻力踹破牆壁，而像是整隻腳伸入水裡一般，能夠在牆中晃來晃去地攪晃著。

牆上的壁磚、霉斑竟也像是水上的浮萍般在張意小腿攪動下晃動起來。

「看！」張意大叫：「我能在黑夢裡游泳，跟我來！」

張意這麼說，跟著拉著長門鑽進了黑夢建築群裡。

「喝？」鴉片衝到牆邊，見張意竟鑽進了牆裡，呆愣一秒，然後捏了捏拳頭，一拳擊在牆上，將牆打出一個大洞，追了進去。

只見張意拉著長門，遠遠地撞入一柱粗梁裡。

鴉片倏地追去，奔到梁柱後方，卻不見張意，他聽見頭頂上有股怪聲，抬頭一看，只見天花板竟出現幾圈水波狀波瀾——原來張意鑽入那梁柱之後，順著「游」上了樓。

「師兄，幫個忙，身上東西太多了……」張意倏地自地面躍起，他的背包跟七魂纏在一塊兒，只得停下腳步調整背包肩帶，再將七魂往腰際一擺，示意摩魔火幫忙吐絲，但摩魘火還沒反應，七魂立時有了反應，雪姑銀絲竄出，將七魂牢牢纏在張意腰間。

「長門，來！」張意反過身，雙手往後一伸，作勢要揹長門。他見長門有些遲疑，便說：「我知道妳比我厲害，但在黑夢裡面，這樣方便點，我可以穿牆……哇，又有人追來了！」

張意還沒說完，只感到背後遠處牆面竄出一個身影，是邵君。

邵君像頭獵豹般追來。

「快、快點……」張意驚恐叫起，長門這才往他後背一撲，但不是尋常揹姿，而是讓自己後背貼上張意後背，同時撥弦彈出有如巾帶般的銀流，托住了自己臀腿、纏上張意雙肩和腰際，像是坐在張意背後一頂小轎子上般。

「噫，這樣挺方便的！」張意拔腿狂奔，長門這坐姿讓他能夠騰出手來維持平衡，跑得更快。

同時，長門也得以騰出手來撥弦飛射銀鞭，掃打撲追而來的邵君。

「鴉片，他在你頭頂！上來幫忙！」邵君連連閃避長門的銀鞭，繼續疾追。

隨著邵君那聲叫喊，張意前方一處地面轟隆炸開，鴉片躍衝上來攔截。

張意卻倏地「沉」入地面，又落回一樓，往另一處梁柱奔去——他戴著莫小非的戒指，便能夠與黑摩組五人一樣任意使用黑夢力量，且甚至比莫小非等人更加自在地在黑夢建築裡自由穿梭。

「那小子是怎麼回事？」邵君和鴉片訝然轟破地板，追回一樓，卻見到張意又撲進梁柱裡，一溜煙又「游」上了樓。

「壞大哥、壞大哥、壞大哥……」張意揹著長門，急急奔跑，喊了半晌也沒反應，趕忙閉上眼睛，讓思緒飛梭竄回萬古大樓地下囚室裡，望著壞腦袋說：「你的方法真有效，但那些傢伙緊追不捨，有沒有辦法打跑他們？」

「將他們拉進你的夢裡打他們啊！」壞腦袋哼哼地說：「這還用我教？當初我都這麼打那臭狐狸的。」

「不是呀，他們也能用你的夢，我們現在在同一個夢裡……」張意每奔一陣，就得睜開眼睛留意四周動靜。但他很快發現，即便將思緒停留在萬古大樓裡，但他的身子還是感應得到四周一切動靜，甚至是鴉片等人的位置和動態。

他「看見」巨大的牆壁和梁柱一一朝他撞來，那是後頭邵君指揮黑夢建築變化阻攔他，但他閉眼莽撞亂奔，一點也不怕那些巨大且帶著尖刺的梁柱，而像是撞破豆腐般地撞過那些梁柱。

打開壞腦袋腦袋裡「第十道鎖」的他，擁有的黑夢權限「層級」顯然高過黑摩組五人，黑夢建築裡一切構造，對他而言就像是夢。

他能夠自由自在地控制這場夢。

「他們用我的夢造出柱子撞你，你不會也造出柱子撞回去呀？」壞腦袋這麼說：「他們不能直接跟我說話，所以造出的柱子打不痛你，你能直接跟我說話，你造出來的柱子應該打得痛他們呀！」

「在壞大哥你的夢裡……製造柱子？怎麼製造啊？」張意感到身後邵君和鴉片緊追不捨，而且又一股新的力量遠遠繞來。他知道是宋醫生。

「在夢裡想幹啥就幹啥呀！作夢還要人教呀？」壞腦袋不耐地罵。

「什麼……」張意莫可奈何，他回想著過去自己作過的那些夢，具體說出來，也和大多數人沒有太大分別——

扣除一些沒有邏輯的情境或是畫面交織成的片段之外，還有中了彩券發大財的夢、有從高空墜落的夢、有吃喝玩樂的夢、有被老師親友唾罵的夢、有摟著女人溫存的夢、有被電影裡的鬼怪追殺的夢、有被流氓惡棍追殺的夢、有被瘋子追殺的夢、有……

在恐怖的雨夜裡被可怕的喪鼠帶領著可怕手下追殺的夢。

「原來我作過這麼多被追殺的夢啊……」張意這短暫回憶的後半段，想起來的夢境內容，全都是被凶神惡煞追殺而不停、不停地逃亡。

那無以計數的逃亡夢境的結局，他大都不記得；而少部分記得的，有些是他在被逮著的那剎那便隨即驚醒。

但也有部分，夢裡的他能夠扭轉乾坤。

或是生出翅膀飛離那些惡棍，或是喊來救兵替自己解圍——

「哥——」

張意在見到前方十數公尺壁面，竄出一大群手，團團朝他抓來的同時，本能地喊起他的哥哥。

他的哥哥以前在世的時候，簡直是他的守護神，能夠幫他擊退任何同年齡或是大上幾歲的同學和學長。

張意腳邊，豎起各式各樣的古怪人形物。

那些人形物體型和正常人相差無幾，但構造是磚石木頭和鋼鐵支架，像是將黑夢建築的建築材料拆卸開來重新組裝成的人體模特兒般。

自然，這些人形物的長相樣子，遠比百貨公司裡的服裝模特兒醜陋許多，臉孔更接近某些裝置藝術的抽象樣貌。

這些「人」一個個抱住了竄來的手，與大手扭打成一團，或是抱上後撲倒在地。

「哇……」張意趁這空檔跑遠，只見到黑夢建築旁一扇扇大小破窗外，伸出一隻隻怪手，宋醫生踏著那些手，緊追在他身邊。

後頭的鴉片和邵君加大了步伐緊追在後，眼看又要追來。

「夢呀夢，再幫我一次！」張意指著窗外的宋醫生大喊。

他腳下地板轟隆隆地震動，一支支鋼梁倏地竄出牆外，往宋醫生撞去。

宋醫生高高躍起，避開那些鋼梁，但空中已無手可以踏，便落下地面。

「爲什麼那小子也可以控制黑夢？」邵君和鴉片遠遠見到張意這招，可也驚訝莫名，邵君陡然尖叫起來：「看，他手上戴的那個戒指——是不是小非的戒指？」

「哇！壞大哥教的方法眞的有用呀！」張意驚喜叫著，跟著回頭朝著邵君和鴉片一指。「幫我打飛他們——」

他腳下地板轟隆隆劇烈震動，竄出一輛又一輛汽車，朝著邵君和鴉片衝去。

邵君高高躍起，鴉片掄拳打飛三輛車，再抓住第四輛車，將整輛車朝張意拋來。

「不要啊！」張意嚇得大叫，但他一叫，那車便在空中解體，破碎的汽車零件飛過他身邊，在他身前結出一道向上的樓梯。

「哇，我正好想要一道樓梯……」張意歡呼一聲，奔上那樓梯，繼續往上逃。

鴉片和邵君追來，剛追上樓梯，卻覺得腳下一空，樓梯化成了灰，連地板也破出大洞，使他們往下墜落。

鴉片落入地下，但邵君卻被她喚出的黑夢鋼梁接著，飛梭往上托高。

「摔死妳！」張意回頭朝邵君吐了口口水，邵君腳下那鋼梁立時消散。

邵君在墜落的同時，也使用黑夢的力量喚出數支金屬支架，往張意插去。

但那些鋼梁一觸到張意，和被張意揹在背上的長門身子，便化成了煙。無法傷及他們分毫。

黑夢裡的一切事物，在解開了第十道鎖、能夠完全掌控黑夢的張意面前，通通只是夢而已；既然是夢，當然無法對他，或是他有意識保護的人，造成任何傷害。

「他的黑夢比我們更厲害？」鴉片倏地又飛身衝了上來，對著邵君以及自窗外追進來的宋醫生大聲驚叫。

「因爲我打開了第十道鎖啊！」張意沿著那穿透了樓層的長梯一路往上直奔，遠遠地聽見底下鴉片驚喊，便得意地朝底下高喊。「識相就快滾，別逼我出絕招——」

「師弟，你還有什麼絕招？」摩魔火驚呼地問：「你這些把戲怎麼學會的？」

「是壞大哥剛剛教我的……」張意哈哈大笑，揹著長門一路衝到了黑夢建築頂樓。

由於這圈黑夢建築是圍著航廈築成一圈，呈橢圓環形，樓高十餘層，從樓頂邊緣往下望，能夠見到航廈本體的屋頂。

「壞大哥？哪個壞大哥？」摩魔火追問。「這一路上就我們幾個，你說的『剛剛』是什麼時候？」

由於張意透過黑夢，直接潛入壞腦袋的夢境裡與他對話，因此摩魔火並不知道張意與壞腦袋說過話，邵君、鴉片等人同樣也不知道張意在逃亡途中，竟然一路和黑夢力量來源對話著——他們只擁有黑夢第九道鎖的權限，而解開了第十道鎖，能夠直接與壞腦袋對話的張意，掌控著黑夢更高層級的力量。

只要身處黑夢，張意便能夠感應出他們的一舉一動，他們卻未必能夠察覺張意的動靜。

頂樓的風極大，風中還飛著一隻又一隻的蚊子，這些蚊子在張意叫嚷下，凝聚成了一大團，像顆灰黑色熱氣球般往追上樓的三人砸去。

巨大的蚊球被鴉片吼出的戾氣炸散。

邵君、宋醫生和鴉片，都摘下了全部的戒指。

「師弟……」摩魔火被遠處三人發出的巨大魔氣，震懾得微微發顫，他說：「不管你跟誰學的，師兄都得讚美你啦！好樣的，你能讓三個黑摩組魔頭一齊摘下手上全部的戒指，就爲了打你一個人——」

「我……我才不要跟他們打……」張意趕緊轉身奔逃。他感到身後狂風驟起，是摘下了全部戒指的宋醫生、鴉片和邵君同時朝他竄來，所掀起的暴風。

同時在他眼前，也竄起一座又一座的障礙物，都是些巨大變電箱、水塔、鋼梁和招牌。

以及宋醫生的大手。

「給我變一個洞出來！」張意大叫，身子倏地落進腳下陡現的坑洞中，想要再次遁入黑夢建築，但他的身子筆直落下，底下卻沒有一處可以讓他「鑽」進去游遠的黑夢建築結構——

因爲後頭的宋醫生早一步料到張意會故技重施，所以在他喊出地洞的同時，便順勢破壞了張意周圍的黑夢建築。

整排怪樓像是拉開的拉鍊般往左右兩側扯裂傾倒。

本以爲能逃入下一層樓的張意因此直直墜下。

「哇——」張意嚇得怪叫，只見周身銀光陡現，那是與他背貼著背的長門彈出的銀流。

銀流共有八道，將兩人身子牢牢纏捲包裹，朝外延伸的銀柱彎折向下，彷如蛛足蟹腳般，搶在兩人墜地前先撐住了地面，讓被包裹在中央的兩人減緩墜勢，安然落地。

雖然陣仗大了點，但這落地方式便與夜天使慣常現身的方式相差無幾。

但長門和張意可一點也沒有平安落地的欣喜情緒。

因爲他們很快發現，自己並沒有落在「地上」。

而是落在一張大手上。

大手外側，又竄出一隻隻小手，那小手並未襲擊兩人，而是手腕扣著手腕，飛快結出一處大牢。

長門解開了綁著自己和張意的銀流，自張意背上躍在大掌上，飛快撥弦，化出一柄柄銀刃，切斷那大手手指，以及四周千百隻小手。

由於宋醫生摘下了全部的戒指，因此這隻大手堅如鋼鐵，長門的銀刃斬在大手指上，僅能切進肉裡，卻切不斷指骨。

大手開始緩緩閉合，千百隻小手同時向張意抓去。

一圈土星環狀的巨大紅環，以張意和長門爲中心向外斬開，將那大手五指和附近小手全斬成兩段。

長門的銀流斬不斷宋醫生大手，但七魂裡的切月卻能。

「眞嚇人吶。」宋醫生遠遠攀在怪樓中段的切面上，彈了記手指。

張意陡然感到雙腳和脅下同時一緊，低頭只見腳下大掌的掌心上，竄出了新的小手抓住他雙腳踝；跟著他抬頭又見到幾隻不知哪兒伸來的細長小手揪住了他背包揹帶，使勁拉扯，像是要搶他的背包。

背包裡裝著伊恩斷手。

大掌拖著張意雙腳向下沉，細長小手扯著張意背包肩帶往上提，那些細長小手再伸出更多小手，將那背包揹帶啪地扯斷。

七魂切月紅光再次閃現，嚓嚓兩刀將張意腳下大掌斬成碎塊，但張意力氣不夠，被細長小手群扯斷了背包肩帶後猛力一抽，被搶去了背包。

伊恩的斷手也自敞開的背包中落出。

纏在張意腰間的雪姑銀絲陡然化散，七魂飛梭竄向伊恩斷手，紅光飛旋，斬斷那揪著背包的小手群；還化出柔軟的銀絲團，使伊恩斷手安穩落地。

七魂筆直豎立在伊恩斷手前，緩緩旋動，像是護衛著他。

「如我所料。」宋醫生遠遠望著七魂和伊恩斷手，並沒有急著上前搶奪的意思。

宋醫生使出這大掌的目的，不是抓張意也不是搶七魂，只是想讓他們分開。

此時張意、長門與七魂、伊恩斷手，相距約莫十數公尺。

他們之間豎起一隻隻大手，彷如巨大的柵欄。

邵君獵豹般地蹦來，蹲伏在那巨手柵欄上，朝宋醫生喊：「你確定七魂不會咬人？」

「我猜不會──只要妳別去碰伊恩的手的話。」宋醫生推了推眼鏡。「至於他的徒子徒孫還是養女呢，七魂似乎不太關心。」

「好像是真的呢……」邵君盯著七魂半晌，見七魂全然沒有反應，像是一點也不關心張意和長門的安危，這才嘿嘿笑著，對張意說：「小子，現在你還能往哪兒逃？」

「我……我……」張意驚恐踏地，但此時他們雖然仍身處在黑夢力量範圍裡，但那四周建築群被宋醫生清空，他腳下地板是實地，鑽不進去。「難道得先蓋出房子才能躲進去……」他一面呢喃，一面看著另一頭大步走來的鴉片。

長門舉著三味線正對著鴉片，像是準備全力迎戰。

「長門，我要妳轉頭。」宋醫生的聲音遠遠地傳來。「妳的敵人是張意，斬下他戴戒指的右手。」

「壞人、壞人、壞人！張意先生，我要殺了你，哈哈哈哈——」神官振翅飛起，在長門腦袋上方飛繞，朝著張意大罵，還將宋醫生的指示化為弦音，翻譯給長門。

長門緩緩轉身，盯著張意，神情中流露出絲絲敵意。

「不，不！」張意這才驚覺此時周遭依舊在黑夢力量範圍內，他連忙高聲大喊：「長門、神官，你……你們醒醒啊！」

神官聽了張意那聲喊，嘎嘎怪叫兩聲，跌落下地，長門身子也跟著一顫，摀著腦袋癱倒跪下，腦袋像是同時讓兩股力量震得頭痛欲裂。

連攀在張意腦袋上的摩魔火，也蜷縮成一顆球滾落下地。

「小子……」邵君高高一躍，落在張意身後，提著他後領，揪起他手腕，盯著他小指上那戒指。「原來小非的戒指在你手上。」

「哇——」張意慘叫一聲，他的腕骨被邵君捏斷，痛得急急大喊：「放手、放手！」

邵君放開了手，任張意坐倒在地，卻抬起腳，作勢要往張意身上踩。「你實在太會跑了，我得給你一點教訓喲。」

「不要！」張意捧著手，哇哇大叫，單手撐著身子後退。「拜託、求求妳……」

他退了半尺，身子撞著一個東西，回頭，正是鴉片。

「哇啊，不要打我！」張意嚇得抱頭蜷縮成一團。

「嗯……」宋醫生遠遠地蹲在怪樓切面邊緣，正將這頭情況告知莫小非，但見邵君和鴉片一前一後圍著張意，卻沒有後續動作，不由得皺了皺眉，提高了聲音，喊：「快拿走他的戒指，別讓他有機會耍花樣！你們……」

宋醫生喊了兩聲，見鴉片和邵君仍無反應，不禁有些奇怪，站起身來。

「放過我、放過我……」張意蜷縮得像是隻穿山甲，顫抖哭叫著：「求求你們放過我……」

「好。」邵君點點頭，緩緩後退。

「喔……」鴉片也面無表情地往後退。

「喂！你們——」宋醫生倒吸了口氣，陡然感到不妙，他高聲大喊：「鴉片、邵君，你們幹什麼？」

「你們、你們……」張意從胳臂的縫隙中，見到邵君那古怪神情，又見她緩緩後退，先是覺得奇怪，跟著陡然明白了什麼。

「對呀！」他撐坐起身子，捧著被握斷腕骨的右手，盯著小指戒指，喃喃地說：「黑夢……黑夢可以控制人心……壞大哥說我打開十道鎖、我能跟壞大哥講話，我的戒指比你們還大支……你們拿A士，我是黑桃二！」

「去搶他的戒指，別聽他說話！」宋醫生大吼。

「不要聽他說，聽我說……我的比較大支！」張意奮力用左手托著斷骨右手，高高舉起，用全身的力氣大吼。「去打那個眼鏡仔，給我打死他——」

鴉片和邵君彷彿遭受雷亟般陡然一震，瞪大眼睛看著張意。

「啊？啊？沒用嗎？」張意嚇得再次癱坐下地，又縮起身子，連連求饒。「不……不打他也行，不要打我就行了……」

「是。」邵君和鴉片點了點頭，轉身——

像是兩枚飛彈般全速竄向宋醫生。

在刹那間，宋醫生像是陡然明白眼前這劇變究竟是怎麼一回事，他飛身高躍，踩著自牆面伸出的大手奔得更高。

鴉片和邵君全身環繞凶風、散溢戾氣，一左一右往那些大手上飛蹦。

宋醫生回頭一瞪眼，邵君和鴉片腳下那些作爲階梯的大手陡然消失。

但邵君和鴉片沒有落後片刻，儘管受了張意控制，但他們仍能指揮黑夢，立刻令腳下生出一支支鋼梁鐵骨作爲階梯，繼續追擊宋醫生。

「對對對，衝啊——」張意扯著喉嚨大叫，他盯著鴉片和邵君奔去的方向，那三人已經翻上了尚未傾頹的黑夢建築樓頂，離開了張意視線，但張意仍然能夠感應出三人的動態。

張意閉起眼睛，只覺得自己彷彿變成了在鴉片或是邵君身邊的隨行攝影師般，清楚地見到急急奔逃的宋醫生背影。

他聽得見身旁兩人那有如野獸般的呼吸聲和低吼聲，感應得到他們身上一陣陣窮凶極惡的魔氣。

他覺得自己像是能夠在他們耳邊說話一樣。

「打他、揍他！別讓他跑了！搶走他的眼鏡，讓他看不見東西啊幹！」張意興奮地站起，閉著眼睛搖搖晃晃地走，突然覺得腳絆到了個東西，往前撲倒，捧著手腕慘嚎半晌。

「長門……長門……」張意這才想起長門等人，趕忙掙扎上前搖晃著長門，總算喊醒了長門，跟著找回神官和摩魔火，一面急急解釋剛才那劇變，一面撿回背包，拿回七魂和伊恩斷手。

「什麼？你能透過這戒指操縱黑夢？還控制了鴉片跟邵君腦袋？」摩魔火一面舉著毛足摩挲著頭胸醒神，一面聽張意亂糟糟地解釋，總算聽了個七分懂，他訝然地說：「那……他們現在人呢？」

「他們……」張意坐在地上，讓長門撥彈銀流扳正他右手斷骨。他閉起眼睛，透過黑夢感應著宋醫生三人動靜。

「鴉片跟邵君還在追殺宋醫生，哈……」張意閉著眼睛，被宋醫生疾逃時偶爾回頭露出的驚恐神情逗得笑了，他說：「他跑好快！鴉片跟邵君追不上他……」

「好樣的，那我們……」摩魔火攀回張意頭頂，正想著接下來該如何是好，便聽見航廈裡發出了一陣陣慘叫聲。「唉呀，都忘了裡面那些廢物！他們仍然受到黑夢控制嗎？」

「他們、他們……」張意又閉起眼睛，搖搖頭說：「有些還昏著，有些好像已經醒來了，啊……我看見那胖主管……他好像傷得很重，趴在桌上一動也不動……外面好多人都受了傷，還有些人好像已經死了！」

03最後的堡壘

古舊三合院外不遠處的草坡和空地上，搭著大大小小的帳篷。

通往這位於半山腰竹林間三合院的小路上，則停滿了大小車輛。

三合院裡裡外外，擠著滿滿的人。

他們臉色大都青慘難看，掛著絕望和恐懼。

數小時前，張意和長門返回航廈，由於宋醫生三人遠去，加上航廈內那回魂羅勒藥液持續噴灑，協會成員紛紛清醒，見到夥伴們互殘後的遍地傷兵和慘死夥伴，驚恐騷動起來。

被張意搖醒的魏云在摩魔火說明下，快速理解了情勢變化。

她指揮著傷勢輕微的協會成員，和那些被張意喚醒了急忙趕來支援的異能者們，一同替傷重夥伴急救包紮後運上大型車輛，迅速往南撤逃。

由於在那當下，協會成員和異能者們大都驚魂未甫，黑摩組隨時會再來。

而張意可沒有把握能夠再次嚇跑那些魔頭。

因此在臨行前的最後關頭，魏云決定放棄破壞那些「發電廠」，她得在最短的時間內，帶著所有倖存的夥伴，抵達安全的地方。

車隊一路南下，來到了高雄美濃的郭家傘莊——

郭曉春和阿滿師的祖厝。

阿毛變回了狗形，興奮地在院子裡來回穿梭吠叫，上一次這院子聚集這麼多人，已經是十餘年前的事了。

靈能者協會在台灣南部雖然也有其他據點，但規模都不大，且並無地利優勢。而這收藏著千把囚魂傘的郭家傘莊，和宜蘭穆婆婆那古井一樣，長年為各路妖魔和四指成員覬覦的目標，三合院裡裡外外甚至是地底，本便造有各種防護工事，阿滿師也有豐富的禦敵經驗。

十餘年前，正當四指新任頭目奧勒對靈能者協會發動全面戰爭的同時，阿滿師的父親，也是郭曉春的曾祖父郭善良，正逢那時去世。包括四指在內的各路妖魔鬼怪，可沒放過這千載難逢的好機會，他們聯合起來，企圖突襲郭家傘莊，目標是地窖裡那千把囚魂傘。

靈能者協會台北分部為此精銳盡出，還招集了各地異能者趕來助陣，包括台北分部四大主管之一的何孟超，和後來脫離協會的陳碇夫及其妻子黃禮珊，都是當年陣中一員，就連極少出遠門的穆婆婆，都看在郭善良面子上遠赴郭家助陣。

也因此，魏云在指揮車隊南下途中選定了這郭家大宅，作為抵禦黑摩組持續推進的最後一處堡壘。

阿滿師本人，倒是一點也不反對，甚至第一個出聲附和。

「俺這地方，絕對是不二之選！」

阿滿師提著一把棗色小傘，領著何孟超和一票隨行協會成員，以及異能者們，聚在那三合院外圍寬闊空地廣場。

阿滿師指了指空地前方那半月形大水池，和他們身處的這空地周遭，說：「一般小妖野鬼呀，光是靠近俺大門口這外埕就頭痛、肚子痛啦，連俺家大門口都進不來呀！」

阿滿師一面說，一面張開那棗色小傘，小傘吹出光風，落下一個青光閃閃的小童。

那小童嘻嘻笑著奔到大水池旁一處小竹亭下，從亭子裡的小竹櫃取出幾包竹葉包裹，動作飛快地在每個竹葉包裹上插上幾支點燃的香，跟著往水池上方高高一拋。

那些竹葉包裹在空中炸出光花，嘩啦啦地往水池灑落。

轟隆一聲，大水池裡躍出一條兩公尺長的金色大鯉魚，張大了口去接那些光花，跟著翻身撲通落入水池，卻沒激起太多水花；其餘光花紛紛飄在水上，水裡噗嚕嚕地躍出一條條金色小鯉啄咬著光花。

「嘩——」眾人見這奇異景象，都驚呼出聲。

「對對對！我還記得這大水池跟這大鯉魚……」何孟超肚子上那把匕首已經讓魏云取出並敷上咒藥。他一面點頭，一面對著隨行協會成員補充說明：「阿滿師這三合院前後左右都設有強力鎮魔咒術，那水池裡的大鯉魚和一批小鯉魚，能夠替阿滿師趕走大部分不長眼的孤魂野鬼。」

混雜在協會成員中的青蘋，依舊捧著筆記本，寫下阿滿師門前這半月池和大鯉魚。

「來，再看看俺這大門！」阿滿師提著棗色傘，轉身往大門走，那小童嘻嘻笑著撲向大門，尖叫著像是在喊著什麼。

只見紅色大門兩旁壁面陡然發出兩聲巨吼，分別鑽出一顆紅色的大獅頭和一顆紅色的大虎頭，朝著眾人咧嘴大吼。

小童撲上獅頭，用腦袋磨蹭著紅獅頭鬃毛，用手搔著紅虎頭下巴；跟著反過來，用臉磨蹭虎頭，搔獅頭下巴。

「嘩！」有些眼尖的協會成員，見到隨著那紅色獅虎腦袋的吼叫，兩側磚牆那些菱形石雕紛紛發出光亮，竄出一顆顆獸首，那些獸首有些口鼻燃火、有些眼冒紅光，各個蓄勢待發，一副想要咬人的模樣。

同時，向內敞開的紅色大門上也鑽出一顆顆獸首，張開了大嘴發出呼嚕嚕的聲音。那小童左蹦右跳，四處逗玩著獸首。

「再來——」阿滿師得意地領著眾人往三合院另一邊走去。

青蘋回頭，只見這位於半山腰上的三合院坐北朝南，東側小路上停滿了協會車輛，協會帳篷則大多搭在東側竹林前的草坡和周圍空地上。

阿滿師領著何孟超等人繞到西側竹林，竹林裡有一處處小竹亭。那青色小童奔入竹林，吹出一聲聲口哨，所有人都聽見四周傳來各式各樣的呼嘯，像在應和著那小童。

「你們別看俺郭家人丁單薄，就只曉春跟俺相依爲命，其實俺這地方，可藏著千軍萬馬呀！」阿滿師一面說，一面搖著傘，那小童奔過一處處竹亭，每處竹亭下的竹桌竹椅，都鑽出奇異小獸。

那些小獸像是守衛，對著阿滿師身後一行人齜牙咧嘴起來。

「乖乖乖，沒事沒事！」阿滿師安撫著那些小獸，帶著眾人繼續往前。隨行的異能者們四面張望，有些年輕的異能者看得嘖嘖稱奇，但也有些見識稍廣的異能者對這陣仗有些疑慮。「這些傢伙用來擋孤魂野鬼是夠用了，但在四指面前，卻起不了大作用……」

「郭阿滿，你這法陣倒是施得很嚴實……」穆婆婆跟在人群中，經過一處小竹亭，伸手敲了敲竹桌竹椅，感到一股股綿密魄質反彈。

「是呀！」阿滿師說：「前陣子俺一聽說那黑摩組幹下的事，每天都在忙著修補俺郭家，直到被協會喊去支援他們蓋那什麼大封鎖線……結果封鎖線終於蓋好，還沒派上用場，就整個被搶去啦！」

阿滿師這麼說，狠狠瞪了何孟超一眼。

何孟超莫可奈何地攤了攤手，無話可說。他們在台中花費多時，打造了中部封鎖線，怎麼也沒料到被黑摩組輕易攻進台中港，取得指揮權，當時若無那天生不怕黑夢的張意，還陰錯陽差地擁有一枚能夠控制黑夢的戒指，何孟超、魏云等協會成員，連同那些支援助拳的異能者們，已經全部成爲黑摩組的俘虜了。

夜路遠遠跟在眾人後頭，聽阿滿師這麼說，忍不住調侃起身邊的盧奕翰。「你們現在就算跳進淡水河或是旗津外海，泡個三天三夜，也洗不掉刻在臉上的『廢物』兩個字啦……」

盧奕翰翻了個白眼，也懶得和夜路辯駁什麼。

一行人穿過三合院西側竹林，來到三合院正後方。

只見三合院後牆外，有處寬闊的半圓形土坡，那半圓弧面向外，和三合院正面那半月池合起來，就成了一個完整的圓。

「這土堆叫作『化胎』，有祈福的意義。」何孟超對著身後隨行成員說：「不過阿滿師這化胎的功用可不只祈福。」

「是啊！」阿滿師大聲說：「當年那些妖孽，就是從這個方向攻進來的，他們以為俺郭家只有正門造有防禦，卻不知道後面這化胎才厲害呀！」

阿滿師這麼說的同時，那身泛青光的小童，一溜煙地跑上了那叫作化胎的半圓形大土堆上，蹦蹦跳跳叫嚷起來。

只見土堆上站起一個青色女人，同樣身泛青光，輕盈地擺了擺手——

整片竹林唰唰地擺動起來。

「俺這化胎，控制著這整片竹林。」阿滿師解釋：「這整片竹林都是我阿爸、阿公種的，都是俺郭家的兵！」阿滿師這麼說的同時，從地上撿起幾枚小石，往竹林拋去。

那青色小童見阿滿師扔石，也笑嘻嘻地從地上撿起石頭，有樣學樣地拋上半空。

化胎上的青色女人笑著拍了拍手。

竹林倏倏打出幾道青光，將那幾枚小石打碎。

「別看俺這竹子現在只是打碎這些小石頭，他們也可以打碎魔物腦袋。」阿滿師這麼說。

「可是這化胎妹子孤伶伶地沒人保護。」穆婆婆哼哼地說：「當年你們爲了保護這化胎妹子，可費了不少力氣吶！」

「當年大家費的何止是力氣呀……」阿滿師聽穆婆婆那麼說，搖頭嘆氣起來。「都是鮮血跟性命啊……」

那年郭家受到四指與魔物聯手攻擊，儘管有協會和各地異能者相助，但贏得並不輕鬆。

郭曉春的父母和叔叔都在那次大戰中重傷身故，因此郭曉春與阿滿師相依爲命至今。

「本來俺已經打算在這化胎周圍布置更多新玩意兒。」阿滿師氣呼呼地說：「誰知道被喊去台中幹了許多天白工，平白浪費時間。」

「記下來、記下來！」何孟超叮嚀著隨行協會成員，指著化胎周圍：「這地方是竹林的指揮中心，是重點防禦位置，待會好好規劃。」

跟著，他們繞回東側竹林，那兒同樣也散落著零零星星的小竹亭，和一處草坡、空地，空地上有幾處鐵皮倉庫，鐵皮倉庫裡堆放著一捆捆竹子。

以往阿滿師造紙傘，也用不了那麼多竹子，那些堆放在倉庫裡的竹子，都是前陣子阿滿師打算準備用來搭建防禦工事的材料。

協會的帳篷群，就坐落在那鐵皮倉庫周圍空地和草坡上。

只見帳篷群裡有處特別不一樣的「帳篷」，正是穆婆婆那古井大樹。

此時大樹模樣與先前略有不同，本來傾向加蓋廂體的樹身，此時斜長出車頭，且伸出一條條彎折了九十度的粗根，插進車旁兩三公尺外的土坡中，猶如房屋梁柱。

那些彎曲的大樹根覆蓋上防水帆布之後，裡頭空間便成了穆婆婆專屬的帳篷。同時那大樹由於有了樹根插地支撐，斜出車外的樹身便長得更高、更壯，足足有四、五層樓高。

「老太婆，妳眞要住這樹屋？」阿滿師盯著那樹帳篷，對穆婆婆說：「俺嘴巴壞、說話不客氣，但可不是失禮之人，妳是俺孫女恩人，俺怎麼好意思讓妳在外頭搭帳篷……」

「老太婆我跟這老樹睡在一塊兒不是剛好，去你家裡擠什麼，位置留給別人吧。」穆婆婆仰頭盯著那高聳壯碩的古井大樹，見到孫大海和安娜正在帳篷裡外忙進忙出，便呵呵笑著走了過去。

小八和英武見穆婆婆過來，都飛了下來，小八興奮地說：「婆婆、婆婆！妳看，我們又搬新家了！這地方比前面安娜姊姊造的那怪屋子好玩多啦，妳看，爺爺長得多高呀！」

穆婆婆來到那大樹底下，拍了拍作爲帳篷梁柱的粗壯樹根，呵呵笑著說：「樹長在山上，看起來才像樣，過去幾十年，老太婆把你關在破雜貨店裡，倒是委屈你啦……」

「也不能這麼說。」孫大海抹著汗說：「那大樹本來就是長在屋外井裡，妳是爲了保護那大樹老哥才蓋起雜貨店的。」

「你們忙東忙西搞了大半天，歇歇吧……」穆婆婆見孫大海滿臉污泥，另一邊的安娜還探頭探腦像是在規劃設計著什麼，嘆了口氣說：「老太婆早不生你們的氣啦，不用刻意討我開心……你們保全了我這大樹，老太婆要是再擺架子，可說不過去啦。」

「我只是很挫折……」安娜苦笑嘆氣說：「沒想到我們忙了半天蓋出的新家，就這麼……」

不久前他們匆忙撤離清泉崗，除了重要隨身事物之外，什麼也沒多帶，穆婆婆那些衣櫥、櫃子和其他衣物，全留在那新造不久的公寓結界裡。

即便安娜再怎麼足智多謀，也料不到黑夢竟能繞過協會封鎖線，說來就來，他們白忙一場。此時僅能利用鐵皮倉庫裡那些竹枝，替穆婆婆和自己的帳篷裡造些小椅、小架之類的簡易用具。

「罷了。」穆婆婆吁了口氣，扶著大樹，看著天空。「老太婆在那破店窩了半輩子，就當帶著這死老鬼出遠門晃晃，讓他在外頭長得高點看遠些也好。」

「曉春吶。」阿滿師喊來郭曉春，指著那古井大樹說：「這老大哥的事情俺以前也跟妳說過，他是條好漢，以後找男人就找這種的！」阿滿師年歲大、輩分高，但對這古井大樹倒是十分恭敬——穆婆婆那老情人過去直爽豪邁，交友廣闊，人人敬他。

「郭阿滿，別害你這孫女，找誰都好，就別找和這死老鬼一樣的傢伙。」穆婆婆倒是不以爲然地說：「你們男人嘴裡的好兄弟、好哥兒們，女人未必喜歡。」

「妳不喜歡老大哥，又怎麼會守著他幾十年呀。」阿滿師哼哼地說。

「你要是希望你孫女兒將來幾十年，像老太婆這樣過日子，也無所謂吶。」穆婆婆嘿嘿一笑。

「唔……」阿滿師低頭沉思半晌，似乎也眞有些擔憂穆婆婆說的情形發生在曉春身上，只好將矛頭重新對準何孟超，瞇著眼睛說：「何主管吶，當年老大哥堅持守那古井，死也不走，也是因爲你們協會的意思吧……」

「呃……那……」何孟超堆著笑臉，不知如何回答，只好說：「這……幾十年前的事，我不大清楚，當時我還是個毛頭小子呢，啊，我去問問魏醫生，她說不定知道……」何孟超邊說邊轉頭要走，還吩咐隨行手下：「你們繼續跟著阿滿師欣賞三合院，我先去找魏醫生再替我看看肚子……」

「何主管，魏醫生年紀比你小，又是新加坡人，你都不知道了，她怎麼會知道？」夜路見何孟超想要避開這話題，便拱起雙手在嘴巴前故意大聲喊他，見他沒有反應，越走越遠，便搖搖頭說：「怎麼你們協會的人一個個都像政府官員一樣，卸責的能力比除魔的能力還厲害……」

「你省省吧，這時候還滿嘴垃圾話……」盧奕翰哼了哼。

「他灌我一肚子苦水，嘴巴一張只能吐出垃圾啦……」夜路還記恨著何孟超拒絕他的調薪要求。

此時天色漸漸暗了，三合院外的空地和帳篷外紛紛升起營火，有些人整備食物、有些人照料傷兵、有些人巡邏守備、有些人開始規劃建造這三合院外的防禦工事。

何孟超獨自來到一輛大型指揮車旁，車門敞開，魏云正透過指揮車上的通訊設備，與海外協會單位聯繫。

魏云露出少見的激動神情，焦急講了好半晌，終於結束通話，雙手按著桌面皺眉半晌，聽見手下呼喚，這才回頭見到佇在車外的何孟超。

「上頭不相信？」何孟超問。

「上頭說他們會派人調查……」魏云苦笑著搖搖頭。「黑摩組搶先一步，讓秦老他們先通報上去，說我們受到突襲，被四指殘黨控制……」

「協會本來停在外海的支援人力都撤走了，就算眞派人來調查，去了台中港，一樣也被控制；就算眞查清楚了，那些撤回的人力要重新集結可不容易……」何孟超長長吁了口氣。「他們畏懼黑夢，本來就不想正面作戰……」

何孟超說到這裡，抓了抓頭，對魏云說：「妳是新加坡人，這裡也有許多外國朋友，你們有什麼打算？」

「什麼打算？我不明白你的意思。」魏云瞪大眼睛，像是約略猜到何孟超想說的話。

「我剛剛跟政府官員聯絡過了，大部分高層官員已經撤走了，只剩下部分官員指揮國軍協助平民準備避難……但想來想去，現在好像也沒有可以避的地方啦……」何孟超苦笑說：「現在高雄港還有一些備用船艦，你們這些外援如果想離開，那些船艦可以讓你們使用……」

「任務完成之前，我不會離開。」魏云搖搖頭，說：「況且，我不認爲安迪的野心僅止於台灣，如果我們在這一步棄守，讓黑夢籠罩全台灣，黑夢的力量會逐漸強大，到時候整個世界永無寧日……更何況……」她說到這裡，又指了指窩在車中的張意，說：「我可不想在我的偶像面前丟臉呢。」

張意被折斷的手骨，已讓魏云扎針施術接上，恢復六、七成。此時他捧在懷裡的伊恩斷手，五指緩緩動著，獨目也閃閃發光。

莫小非那枚戒指，正被伊恩斷手捏著反覆翻轉滾動。

「伊恩老大醒啦？」何孟超哦了一聲，連忙上車，瞧著伊恩斷手，問：「伊恩老大，他們已經把發生的事情都告訴你了嗎？」

「差不多都知道了……」伊恩說：「我剛剛派出摩魔火去外頭放蜻蜓，把之前發生的經過回報給紳士，但不知道他們究竟收不收得到……如果黑夢核心有艾莫坐鎮，那麼清原長老那路敢死隊恐怕凶多吉少……紳士在宜蘭找不到安迪，也絕不會因此停下腳步，他會一路往黑夢核心推進，按照時間推算，他們應該已經攻進台北了……最壞的情況，是兩路人馬都已經戰敗……」

「所以，伊恩老大你的意思……」何孟超搓著手問，卻又急著先出說自己的想法：「我知道伊恩老大你急著趕去支援晝之光的夥伴，但我覺得，伊恩老大你可以先想妥了計畫再行動，機會或許只有一次……」

「三天，我會留在這裡三天。」伊恩不等何孟超說完，便說：「剛才我除了放出蜻蜓通知紳士之外，也借用了你們的設備，聯絡上日本晝之光部門……雖然我們人遠比你們少，且都忙著對付家鄉四指，但東拼西湊，還是硬擠出了一些人——這批人大都是清原長老的徒弟，他們願意趕來支援我們。」

「啊！」何孟超瞪大眼睛，有些驚喜。「晝之光還能派來新援軍？」

「他們需要時間集結，三天後會抵達蘇澳。」伊恩笑了笑。「我們的人或許不多，但集結、出擊，倒是不用印幾十份文件、蓋幾十個章讓一堆上頭過目——我就是最上頭。」

「何主管，伊恩知道你擔心黑摩組會趁我們沒有穩下腳步之前，再次發動進攻……」魏云補充說：「這三天裡，伊恩會與我們共同防守這個地方，協助我們造出能夠抵禦黑夢的結界；等晝之光的海外援軍抵達之後，伊恩會聯合這裡自願參戰的夥伴北上，利用張意的能力，一舉進攻黑夢核心。」

「嗯，也只能如此，不過只三天……」何孟超搔搔頭，像是對這時間感到有些爲難，但他還沒說些什麼，便聽見遠處傳來了一陣陣騷動。

「四指來啦——」

04閃電襲擊

古井大樹高處的樹梢間，垂著各式各樣以細枝糾纏編成的小窩。

那些小窩有的大如南瓜，有的小如香瓜。

小八和英武興奮地在茂盛的枝葉間飛繞，檢視各個小窩，將百寶樹結出的小果子囤入作爲倉庫的小窩中，將枯葉乾草塞入作爲臥房的小窩中。

桐兒、梨兒和萍兒，以及一干從宜蘭追隨穆婆婆一路來到這裡的老鬼小鬼們，全部攀在樹上，有些飄在高處、踩著樹梢眺望遠方，像是在站崗盯梢般；有些則在樹梢枝葉間盪來盪去，玩耍閒聊。

過去他們都仰慕這古井大樹，但穆婆婆自然不可能讓他們進屋爬樹嬉戲，此時穆婆婆再無顧忌，任由那些鬼朋友們將大樹當成了遊戲設施般攀爬玩耍。

最先發現遠處異狀的，便是穆婆婆這批掛在樹上的鬼朋友們。

站在大樹樹梢最高處的長腳鬼，他平時不特別變化身形便接近兩公尺高，若是施展起絕活，一雙長腿可以拉長好幾倍，讓身子探得極高——但桐兒飛身飄在長腳鬼腦袋上方，她是第一個發現下山道路方向飄來了一片雲。

一片紅色的雲。

即便此時夜幕低垂，光線昏暗，但只要見到那片紅雲的人，都清楚看出那片雲是鮮艷的紅色，紅得像是剛擠出的水彩顏料般厚實濃稠。

像是一團飄在空中的血漿般。

在桐兒見到那紅雲而驚呼起來的同時，底下的協會成員們，也紛紛感應到自山下迫來的那陣濃烈凶惡魄質。

世間絕大多數異能者和魔，都具有壓抑己身魄質外溢，及探知其他人鬼魔物溢出的魄質的能力，至於誰先探知出誰、誰隱匿得高明，全看自身修爲及各種千奇百怪異法的差異。

而山下這批來敵，仗著絕妙法術隱匿氣息近逼山區，一入山道便囂張地撤去了匿蹤法術，甚至刻意逼出殺氣，像是挑明了宣戰般。

魏云和何孟超奔出指揮車，望著山下來路的方向，他們雖未看見敵人，但感應出那一陣陣濃密的凶悍魄質遠遠地傳來。

「他們來得未免太快了！」何孟超瞪大眼睛，連連搖頭。

蘇澳的穆婆婆雜貨店和高雄美濃郭家傘莊都是台灣日落圈子裡的重要地標，黑摩組本自台灣出身，優先鎖定郭家進軍並也不稀奇。但何孟超卻沒料到才剛落腳，敵軍就來了，黑摩組的攻勢快得令他招架不住。

然而他們一路撤離到這兒的途中，仍然能夠透過車輛上的特殊設備，接收停放在全台各處的偵測車來判斷黑夢力量消長——

此時黑夢的範圍並沒有特別變化。

然而有著台中港遇襲的經驗，大夥兒可也不確定黑夢是否又會突然發動。

「大家聚集起來，不要分散——」何孟超大吼。

「啊？」阿滿師本來領著一票協會成員和異能者們，參觀他那三合院大宅，讓協會成員規劃接下來的防護工事，還隨意分配房間給隨行的異能者們，聽了外頭一聲聲騷動，可都駭然大驚。「什麼？四指又來了？」「這麼快！」「完全不給我們喘氣呀！」

「阿毛，推傘車出來——」阿滿師嚷嚷叫著，隨著眾人往三合院外奔。

只見遠處那向下山道，緩緩擁上大批人馬。

「小心別讓蚊子叮著！」何孟超扯著喉嚨高聲下令，在他與魏云指揮下，協會成員分成數隊，負責後援的協會成員將傷兵和異能者們，紛紛帶入三合院內那叫作「埕」的空地集合。

包括盧奕翰在內的四十餘名一線除魔師，則聚在三合院大門前那外埕空地上，結出四個守禦陣勢，謹慎待命。

「讓讓、讓讓——」夜路趕在妖車前頭吆喝開路，領著妖車繞到三合院外埕圍牆前，孫大海則站在那妖車車頭上的小陽台，按著古井大樹施術，令大樹縮小了好幾圈。

樹上的小八和英武讓這劇變嚇得連連怪叫，本來分垂各處的小窩因爲大樹縮小的緣故，全擠到了一塊兒，小窩裡囤著的小果子不停灑出，原本眾人忙了半天，替穆婆婆布置好的樹屋帳篷自然只能又撤了。

「搞什麼鬼呀！」小八氣得怪叫起來：「每次剛蓋好新屋子，壞蛋就來搗蛋，不能等我們布置好你們再打嗎？」

「好大的膽子，敢打來俺郭家門口——」阿滿師領著阿毛走出三合院，來到外埕空地上。

阿毛化作人形，腰間懸著他那石棒傘，粗壯雙臂拉著兩輛「傘車」——那兩輛傘車，其實只是在手推板車上綁上外側畫有符籙的大木箱子，箱中用薄板隔成一塊塊方格，格中插著一把把紙傘。

兩輛傘車共裝著數十把傘。

郭曉春自個兒一手拖著自己那裝著十二傘的行李箱，另一手提著白鶴傘，跟在阿滿師身後。

此時三合院裡裡外外聚著的所有人，儘管都感到前方傳來那一陣陣的凶悍氣息，但大部分人的視線，不是望著天空，就是望著自己手跟腳。

他們都害怕那據說能夠攜帶黑夢力量的蚊子。

異能者們紛紛拋出隨身符籙，指揮著一張張符猶如飛鳥般來回在頭頂穿梭護衛，像是某些舊式餐廳中趕蒼蠅的電動設施一般。

「是有蚊子……但味道不太一樣……」摩魔火受了伊恩命令，攀到樹上放出蜻蜓之後，又回到張意頭上；聽說四指攻山，便指揮著張意與眾人一同來到三合院外埕空地上。

摩魔火眼睛銳利，在張意腦袋上四顧張望，只能見到尋常蚊蟲，一旁的長門也未察覺出黑夢氣息。

張意驚恐緊張，他左手握著七魂刀鞘、右手戴著莫小非的戒指，緊緊捏著拳頭，卻什麼也感應不到，他附和著頭頂上的摩魔火說：「沒有黑夢，我感覺不到黑夢，也沒辦法跟壞大哥說話……離開台中之後，就好像『斷線』一樣了……」

「這戒指應該只有在黑夢範圍裡才能作用……」伊恩喃喃自語，此時他斷手握著七魂刀柄，雪姑銀絲纏繞著張意手腳，隨時都能像穆婆婆雜貨店那夜一樣拔刀參戰。

外埕空地前方攔著那寬闊的半月池猶如護城河，魏云與何孟超領著四隊除魔師，分別守著外埕左右兩端。

阿滿師和郭曉春則站在外埕最中央，穆婆婆及一些膽子較大的異能者們，不願守在內埕，紛紛擠出大門，來到阿滿師身後。

夜路和安娜、青蘋、孫大海，則聚在駛進了外埕空地、停在三合院牆面的妖車前，遠遠地觀望前方山道。

「哇，那是什麼鬼東西呀——」硯天希在騷動初時，便自夏又離身體裡鑽出，拉著夏又離攀上妖車加蓋廂體上方往前眺望，只見到山道那兒，蹦出一個個古怪身影。

那些怪影模樣似人，但樣貌和動作卻大不相同，有些身影像是潑猴般躁動亂蹦，有些卻像是酒醉般搖晃失神，有些赤身裸體，體膚顏色與活人大不相同，有些卻是正常裝扮，甚至是時尚套裝或西裝革履。

隨著那大陣仗隊伍逐漸逼近，守在三合院大門前的眾人也漸漸瞧清楚敵軍模樣。

「那是『醒屍』，是中國湖南的湘西屍陣！」何孟超瞪大眼睛呼叫起來。

同時，巨大的紅雲飛快飄過那怪異隊伍上空，直直飄向三合院。

「別讓血雨淋到！」魏云陡然急呼一聲，揚手指向空中，大喊：「防空陣！」

隨著魏云一聲令下，四隊除魔師紛紛結出同樣的手印，往空中一指。

一道道青光打上半空，在那紅雲飄來之前，在三合院外埕組出一面猶如巨型遮陽大傘般的屏障。

靈能者協會不論是一級除魔師還是二、三線的後勤成員，都得接受這類團體結陣的法術訓練，讓他們在必要時刻能夠團結施法，抵擋四指和邪魔的攻擊。

此時不僅外埕上空結出這防空屏障，便連三合院內埕空地裡的協會後勤成員們，也在上空造出了屏障。

轟隆幾道悶雷，紅雲裡閃動著奇異電光，跟著降下暴雨。

紅色的雨。

暴雨落在那「防空陣」上，像是落在傘上般彈動滾洩，往四周斜面傾灑。

「裡面的人盡量躲進屋裡，別讓血雨淋到！」何孟超回頭對著聚在三合院內埕的人群高喊。「這是湘西屍陣，那些醒屍會攻擊身上沾著血的人！」

何孟超還沒喊完，只聽見前方逼近的「屍群」，仰頭發出了各式各樣的恐怖凶嚎。本來步伐穩重、穿著正常的「屍」，聞到那血雨氣味，紛紛露出了猙獰的面目，咧開生滿利齒的嘴，眼瞳射出凶光，十指竄出銳甲，加快了腳步往前衝來；而那些本來便躁動如野獸的屍，嗅到了血味之後更加狂暴，一個個撲爬在地，疾衝而來。

「小心！湘西屍陣很凶的！」何孟超大叫，跟著皺起眉頭，直視前方那衝來的屍群，驚奇嚷著：「怎麼看起來和以前見過的醒屍，還有協會資料裡的醒屍不太一樣呀！」

「因為那不只是湘西屍陣。」魏云說：「印尼、寮國幾派擅長屍陣的四指大概都來了——」

百來公尺外衝來的屍群之中，樣貌動作大不相同，有些像是西裝筆挺的上班族、有些像是厲鬼野獸、有些像是醫學解剖用的人屍、有些像是剛放學的學生，他們越奔越急，且越凶。

「什麼？」何孟超駭然大驚。「黑摩組一下子能把各地四指聯軍全送過來？」

「這些聯軍大概早就集結完成了。」魏云說：「他們上午讓協會艦隊撤走，下午四指的船就登岸了……」

「哎呀，我的魚池呀……」阿滿師見那防空屏幕只遮住了半月池一半，傾洩下的血雨全灑進水池裡，將整個魚池染得通紅一片，心疼叫嚷起來，氣呼呼地從阿毛推著的傘車中取出一把黃色傘，唰地張開，跟著大喊：「阿毛，拿柄給我！」

阿毛汪地一聲應和，從傘車中抽出兩截短管組成長管，遞向阿滿師。

阿滿師俐落地將那黃傘傘柄裝入長柄前端接頭上，組成像是郭曉春十二傘般的長傘。

「通通給我後退——」阿滿師大喝一聲，揮掃著那長柄黃傘，使之不停轉圈，傘下黃光流溢，落下一個身穿黃衣的小童。

小童蹦蹦跳跳，翻了好幾個筋斗，他那黃衣背後綁著一具奇異竹架，那竹架呈交叉狀，胸前則寫著「甲子」兩個字。

「讓你們開開眼界，看看俺的新傘！」阿滿師得意地搖著傘指揮那黃衣小童，在外埕上一連翻了幾十個筋斗，轉了一整圈重新面向前方時，只見屍群已經衝到了半月池前，有些撲進了池裡搶血抓魚、有些發狂游水、有些往兩側竄跑朝著外埕奔來。

「哇，跑那麼快呀，等等、等等，俺傘還沒開呀！」阿滿師哇哇大叫，連連後退，只見幾道流光竄過他身邊，在他身前站定，擺出戰鬥架勢，是十二傘裡的劍客文生、猴魔悟空、樹人和豬仔——

後頭郭曉春已經高高舉起護身長傘，十二手鬼手上十二傘齊開，準備全力迎戰。

「困魔陣——」魏云和何孟超分別一呼，四隊除魔師分成兩邊，打出一片片光牆，往外埕左右堆去，擋著分頭衝來的屍群。

屍群中，動作快的已經游過半月池，衝上外埕空地，又轟隆隆地被郭曉春指揮的憨牛笨馬撞回池裡。

半月池中心嘩啦一聲巨響，金色大鯉唰地躍出水面，將幾個嘴裡咬著活魚的屍群打回岸上。

跟著，小鯉群一條條躍起，往那些屍群臉上蹦竄，小尾巴掃過之處，會留下一陣金煙，阻住屍群視線——

但那些屍群憑著氣味前進，一個個被金煙蒙著眼睛的醒屍紛紛游上岸，又被悟空和文生掄棒挺劍打回池裡。

「對對對！就是這樣，來一個打一個，來兩個打一雙！俺家曉春好厲害啊！」阿滿師持著長傘，像個粉絲般替孫女吆喝助威，回頭見到三合院裡的異能者們盯著自己，立刻又換了張臉，嚴肅地大喊：「阿毛，繼續給俺扔傘過來呀——」

「汪！」阿毛早從傘車裡抓出好幾把傘，就等阿滿師下令，汪汪吠著將一把把傘拋向阿滿師。

阿滿師並沒有親自動手接傘，而是搖動黃傘，讓那黃衣小童接傘，黃衣小童兩隻手接著兩把傘，飛快同時張開，左手上的黃傘又滾出一個黃衣小童，右手上的青傘則躍出一頭大狼。

那新滾出的黃衣小童後背同樣綁著交叉竹架，胸前則寫著「乙丑」兩個字。

這乙丑小童和甲子小童一樣，一滾出來，便也伸手接著兩把傘，同時張開，讓傘裡滾出一個胸前寫著「丙寅」的小童，和一頭羊。

便這麼著，一個小童接下兩把傘，張傘放出新的小童和一頭獸。

像是接龍般一下子串成了一大串。

阿滿師便像是舞龍般持著長柄黃傘，橫地一掃，後頭整排二十幾個持傘小童，同時吆喝，二十幾頭傘獸井然有序地吼叫衝鋒，將右側翻過了光牆衝來的屍群紛紛撞倒。

一個個小童看來弱不禁風，那些傘獸模樣也不特別凶猛，但一張嘴卻能咬下醒屍腦袋、胳臂，或是用角頂穿醒屍的胸腹腰肋。

「嘩——」三合院裡頭後頭的異能者聽了擠在前頭的異能者們發出的驚呼聲，也紛紛擠上前看，見到阿滿師一個人指揮一整排持傘小童，訝異叫嚷起來：「阿滿師一個人可以拿幾十把傘？」

「這算什麼！」阿滿師得意地說：「俺這六十甲子傘要是完全煉成，通通張開來，一共有一百二十把傘吶！只是現在還沒煉全就是了……」

「阿公！」郭曉春舞著護身長傘，指揮傘魔將一個個翻過半月池的醒屍打退，見阿滿師不停向後頭觀望的異能者吹噓那甲子傘和孫女兒，不禁出聲提醒：「你教過我的，拿傘要專心、對敵要小心。你別一直說話，專心一點呀！」

「啊！看到沒，俺曉春已經懂得教訓俺啦，懂事吧！」阿滿師聽郭曉春叮嚀他，更加得意，一轉身挺傘一指，二十餘頭傘獸轟隆隆地轉向另一邊，將衝入外埕左側的屍群也盡數打倒。

只聽見屍群之後，發出一陣陣響亮刺耳的哭嚎聲，一道道奇異黑影自屍群腿間、腦袋上方竄出，是一群模樣凶惡的厲鬼。

厲鬼群飛過半月池，衝入外埕，卻像是撞上捕蚊燈電網的蚊子般哭號起來──阿滿師這三合院裡外都設有強力防禦結界，一般遊魂野鬼若非像是桐兒等穆婆婆那干老鬼朋友們，在阿滿師同意下，畫上出入許可的珠砂印，否則可無法隨意出入。

但這些惡鬼，卻不是尋常惡鬼。

他們背後的指揮者，可是來自各地的四指聯軍。

一陣陣凶猛戾氣自屍群鬼陣後方傳來，那是許多四指成員一同摘下戒指所發出的凶氣。

「小心，湘西屍王要來了。」何孟超高聲提醒，突然怪叫一聲：「咦？」

只見一隊二十餘隻穿著老式殭屍電影裡的清朝官服醒屍，縱身高高躍過底下大片屍群，只兩、三個起落，便落在半月池前；起落間，甚至是踏爛那些攔著他們去路的其他醒屍。

這批官服醒屍，衣著與電影裡的殭屍相差不大，像是刻意營造出的風格特色。

「去——」一聲尖銳剽悍的口令自這群官服醒屍群中發出，醒屍們又是一蹦，蹦得又高又遠，一齊躍進外埕空地。

悟空和文生掄棒挺劍左右攻去，打在那些醒屍身上，像是打在堅石鐵柱上般發出刺耳的交撞聲響。

「攻攻攻攻攻！」號令聲持續自屍隊中響起，屍隊凶猛往前奔衝。

「屍王混在殭屍堆裡，小心！」何孟超高聲下令，雙掌一拍，又蹲了個馬步，腳下白光陡現。

一陣陣白光自他腳下往四方擴散。

魏云取出了銀針，針尖金光閃動，同時高聲說：「不只是湘西屍王，其他流派的屍王都開始行動了！」

她還沒說完，外埕左側那困魔光牆便轟隆一聲，迸裂碎散。

大群醒屍奔衝擁入外埕左側，與那頭的協會除魔師短兵交戰起來。

盧奕翰便身處在左側第二隊中，他那身天生的大水壩體質，使他無法將魄質放出體外，便無法像其他除魔師般施法放術。

剛才結那困魔陣和防空術的時候，他身前左右的除魔師一齊結印施法，便他一人左顧右盼，這些除魔師許多都是各國援手，都不知道盧奕翰身體情況，有些甚至以爲他在偷懶。

直到困魔陣光牆裂開，醒屍攻來，盧奕翰反而鬆了口氣，鼓臂使出鐵身，搶在最前頭上去迎戰，轟隆隆地打倒一具具醒屍，表示他可不是貪生怕死，或是偷懶打混。

他的鐵拳打在醒屍臉上胸上，炸出一團團光爆，他覺得其中某一拳，打在一具醒屍胸膛上，拳頭上的回饋力道格外不同。

那不是醒屍，而是指揮醒屍的「屍王」之一。

那屍王皮膚黝黑，長相像是東南亞人種與黑人混血，手上戒指已經摘除。屍王那身破爛衣著，則是刻意混在屍群中掩人耳目。

這黝黑屍王一把揪住了盧奕翰胳臂，張口就咬。

喀嚓一聲，屍王一口咬在盧奕翰那鐵臂上，露出訝異神情，像是驚訝這條胳臂硬得和鐵一樣。

「磅！」盧奕翰一拳勾在那屍王腹部，打得屍王彎下了腰，跟著他勾著屍王頸子，將屍王翻倒在地，但他還沒來得及追打，一旁又有個摘下戒指的屍王撲了上來。

那屍王個頭矮小，像是侏儒，臉上還戴著古怪面具，雙手拿著奇異的粗釘和鐵鎚。

這侏儒屍王指揮的屍群，通通都是身高約莫一公尺上下的小屍。全是童屍。

侏儒屍王撲上盧奕翰後背，將粗釘對準了盧奕翰腦門，另一手上的鐵鎚就要落下，卻被一條黃金葛藤葉捲上身子，轟隆隆一連串爆炸，侏儒屍王被炸得高高飛起。

「哇！」夜路本來遠遠地也召出了鬆獅魔，還猶豫距離太遠，鬆獅魔難以瞄準，會將盧奕翰一齊炸著，但他身邊的青蘋已經搶先揪著妖車車頭垂下的黃金葛甩去，將盧奕翰一齊炸了個七葷八素。

「青蘋，別這麼莽撞……」孫大海連忙制止青蘋。青蘋吐著舌頭，朝著盧奕翰大喊：「對不起……我沒控制好！」

「不……不要緊……」盧奕翰自地上翻起身來，拍拍身上餘火，他在被那侏儒屍王撲上身的同時，早已有所警覺，使全身化成鐵身，因此也沒讓青蘋那神草突襲炸傷——只是腦袋暈眩，加上有些耳鳴。

「別讓醒屍咬著，屍毒很麻煩！被咬著的人，立刻退回三合院。」何孟超大喝一聲，左手一揚。自外埕左側攻入的屍群底下，突然高高掀起幾道白牆，將大半醒屍又掀出外埕，跟著那些白牆變化飛快，一下子變成了大鎚、大斧，敲歪了一具具醒屍。

跟著，他將目標放回那躍過半月池的那隊清朝官服醒屍。

「左邊倒數第三個。」魏云這麼說，揚手捏著幾枚銀針，對準了直直躍來的官服醒屍群。

「哼！」何孟超照著魏云指示，對準了那屍群左排倒數第三個醒屍腳下，猛一揮手，使發白的地面竄出數柄大刀，轟隆往那醒屍斬去——

魏云認出那人與其他醒屍氣息不同，那便是指揮這些官服醒屍的湘西屍王。

「哈！」湘西屍王怪笑一聲，揚手打裂兩柄大刀，鼓背硬捱另兩柄大刀——摘下戒指後，他一身堅皮鐵肉比身邊這些醒屍更強悍。

「衝衝衝衝衝！」湘西屍王見自己身分暴露，也不以爲意，大袖一甩，甩出兩枚鈴鐺，猛力大搖，令身邊醒屍變陣，唰地站開，站成了長長一排，鋪地毯似地往前推去。

「開路開路開路開路！」

湘西屍王指揮的官服醒屍，像是推土機般替後方醒屍大隊開路，大批醒屍躲過金色大鯉的掃尾，或游或跳地翻過半月池，衝入外埕。

「你這屍王衝夠啦，換俺衝了吧！」阿滿師搖動長柄黃傘，指揮本來防守外埕右側的甲子傘童們轉換陣勢。只聽那些甲子傘童一陣吆喝，將手上的獸傘和童子傘往背上交叉竹管一插，空出了雙手，從腰間小袋取出符籙，施咒燃符，化出刀槍劍鎚，人人持著不同武器，躍上各自傘獸背上，猶如一隊童子騎兵。

「衝衝衝衝衝！」阿滿師轉傘指揮舉起兵器、踩上傘獸的傘童大隊，斜斜地往官服醒屍衝去。

兩隊協會除魔師立時轉向去外埕右側補防。

傘童騎兵隊衝入醒屍群中一陣亂殺，擋住了右半邊醒屍攻勢。

外埕左半邊的醒屍隊，則被郭曉春的傘魔擋下。

「一陣，衝鋒車——」郭曉春見阿滿師轉守為攻，也指揮傘魔變陣，排出了那衝鋒突擊的陣勢。

外埕泛動白光的地板鑽出一條條似蜥似蟒的土龍，後頭跟著一條條毒蛇，虎仔、熊仔、憨牛、笨馬排成方陣，揹著悟空、文生，拖著樹人化出的木造車體轟隆隆地往屍群衝去。

「呀！」那湘西屍王眼見屍陣在阿滿師和郭曉春夾擊下逐漸潰散，卻也不怎麼驚慌，而是踩上幾具醒屍肩膀高高躍起，倏地踩上牛仔後背，躲過悟空文生夾擊，飛身往郭曉春竄去。

「攔！」郭曉春先前在蘇澳與宋醫生惡戰，早已知道與她迎敵的傢伙們，都會避開她的傘魔，直攻她本人，便早有準備，她一見屍王躍來，立時轉傘一呼。

空中白鶴陡然振翅，白羽巨爪飛快扒下，一把揪住湘西屍王。

摘下了戒指的湘西屍王銅皮鐵骨、力大無窮，尖笑著扯裂羽爪。

他雖未受傷，但被阻住了躍勢，身子直直落下，底下的熊虎牛馬四獸在郭曉春命令下散開，像是刻意清出一塊空間給這湘西屍王般。

「捕獸夾！」郭曉春再次下令。

三條土龍穿地竄起，捲上湘西屍王身子，湘西屍王扯爛一條土龍身子，土龍身體破口抖出一條條小泥鰍，原來這巨大土龍是無數小泥鰍結成的巨獸。

另外兩條土龍捲上湘西屍王雙臂，按著他落地，讓熊虎牛馬四獸逮個正著、四面夾攻。湘西屍王腦袋同時捱上熊虎大掌，後腦被笨馬揚蹄重重一蹬，又被憨牛當胸一撞。

湘西屍王猛地催動指魔巨力，震散了土龍、逼退了四獸，卻又被傘魔悟空照著腦袋重敲一棒，咽喉也被文生長劍劃出破口，鮮血四濺，摀著喉嚨倒退好幾步，腳下再一絆，被毒蛇群捲倒在地。

湘西屍王一倒地，郭曉春那衝鋒車陣勢再開，湘西屍王被衝來的四獸熊虎牛馬重重踩過，又被樹人車輪輾過，再被後退推車的豬仔一屁股坐下，最後被土龍再次捲上半空，遠遠一拋，拋過了半月池，落入後方屍群中，再也無力起身。

「看到沒、看到沒！」阿滿師得意大笑，指揮甲子傘童騎兵隊與郭曉春衝鋒車陣，將翻過半月池的屍群全打翻進池裡。

此時那半月池被血雨澆紅，又擠著滿滿屍群，翻騰的紅色池水，看起來像是沸騰的麻辣鍋般；池裡的大小鯉魔倒不在意，但原本池中活魚卻是遭殃，不是翻肚嚇死，就是被屍群抓起當成零食吃下。

外埕左側，那被炸上半空的侏儒屍王落下地來，臉上的面具崩裂散落，露出老朽臉龐。他轉頭看向遠處那站在妖車前的青蘋，知道她是剛才操縱黃金葛突擊他的人，猙獰地發出怒吼。

侏儒屍王鐵鎚一揚，領著一批童屍攻向妖車。

「把那小矮子吼到地球另一端！」夜路攔在青蘋身前，高高舉起鬆獅魔，發出雄渾一吼，巨大的吼波轟過一具具童屍，卻沒打中那侏儒屍王。

摘下戒指的侏儒屍王動作飛快，接連閃過鬆獅魔兩記怒吼，眼見就要直取夜路腦袋。

安娜甩動長髮，去捲那侏儒屍王，但還沒捲著，侏儒屍王身子已給妖車上方落下的身影按在地上——是硯天希。

硯天希後背貼著夏又離胸口，一手按著那侏儒屍王，嘿嘿笑著說：「終於有機會動手啦——」她這麼說的同時，右手飛快地接住侏儒屍王照著她腦袋揮來的鐵鎚，一把將鐵鎚搶下，拋了拋，嫌太輕，便隨手扔了。

「誰要你的爛鎚子，我要試試自己的拳頭。」硯天希像是孩童打架般對著自己右拳呵了口氣，彎指畫出破山咒，一陣符光閃耀，她的右拳變得比西瓜還大。

轟隆一聲，硯天希這記破山重拳結結實實打在侏儒屍王腦袋上，將他整個腦袋都打得癟了。

「喝！」離妖車較近的協會除魔師們，見到硯天希出手，感應到她那雄厚魔氣，可都駭然大驚。有些外國協會援軍，並不清楚硯天希來歷，還以爲是四指帶來了厲害魔物，而驚恐不已。

「哈哈哈——」硯天希高聲大笑，倏地將夏又離從背後甩至左手，和夏又離手牽著手，拉著他往屍群衝去。

「我這新身體——」硯天希興奮極了，這是她第一次在神智清醒的情況下，使用這新煉出的魔體作戰。「簡、直、完、美——」

她邊說，邊飛快畫咒。

巨大的火鷹、火鳳凰、凶猛的藏獒、高加索、燃火大兔子、凶爪黑猿一隻隻從硯天希身邊光陣蹦出，撲進屍群中衝撞爆炸噬咬。

力量足以和摘下五、六枚戒指的莫小非硬戰的硯天希，壓根不管眼前一具具怪模怪樣的傢伙，究竟是醒屍還是四指屍王，只要看見模樣像是敵人的傢伙便打。她那破山大拳頭能將摘下戒指的屍王都打得飛出老遠，好幾次甚至差點將樣貌較為醜怪的協會除魔師認成敵人。

「哇，那是協會的人，不是殭屍！」夏又離被拖在後頭跑，探長脖子幫硯天希認清眼前的傢伙究竟是四指，還是協會除魔師。

「煩死人啦！」硯天希好幾次被中斷了攻擊之後，氣憤大罵：「不是敵人就滾遠一點，不要妨礙老娘練拳頭——」

「第一組、第二組轉來我這裡！」何孟超聽了硯天希發怒，知道硯天希是百年狐魔，一人能打整團四指，索性便下令左側除魔師退開，讓硯天希打個過癮。

「嘿，有天希大小姐帶頭衝鋒陷陣，我們上——」夜路見硯天希像隻衝入羊群的虎，將堆在外埕左側的屍群衝出一道缺口，便吆喝地跟了上去，右手召出鬆獅魔、左手召出有財，還回頭朝著在三合院大門後探頭探腦的異能者們大聲說：「大家好，在下是專業除魔經紀人夜路，不論晝之光的案子還是協會的案子我都接，並且從頭到尾協助旗下除魔師完成案件——重點是，大家要團結，團結眞有力，我明白大家對協會酬勞有所不滿，所以我們……」

「夜路，小心後面！」青蘋驚慌尖叫。

「哇！」夜路聽青蘋呼叫，連忙回頭，只見好幾個醒屍撲來，嚇得抬手格擋。鬆獅魔張口怒吼，震飛眼前一群醒屍。有財拔鬚抖成光繩圈圈，倏倏甩出，捲上後續衝來的那群醒屍腳踝，將他們絆得摔成一團。

「有財，有一套，接下來請讓我更威風點……」夜路擺出一個帥氣姿勢，回頭對青蘋說：「謝謝妳提醒。」

「更威風？」有財問：「你要我用翳鬚操縱你？你不是討厭我那樣弄你身體？」

「很抱歉當時我小看你，我以爲你會弄痛我，但其實有財你操偶技術精湛，簡直不輸世上一流操偶師。」夜路維持著那帥氣姿勢，低聲說：「趁這機會把聲勢做起來，像安娜一樣賺一大筆，我買最貴的木天蓼給你。」

「我要一整箱。」有財聽夜路這麼說，立時與他達成協議。「要安娜姊姊餵我的那種。」

「一整箱？有財你也太客氣，我給你一整樓。」夜路哼哼地說，還用臉頰蹭了蹭鬆獅魔腦袋。「至於你，忠犬阿鬆，我也會讓你有吃不完的肉乾。」

「汪——」鬆獅魔大吼一聲，甩出舌頭在夜路臉上舔轉一大圈，跟著耳朵陡然變長，催出了全力拖著夜路衝入屍群。

「成交！」有財竄到了夜路腦袋上，甩出光鬚纏捲夜路四肢，再四處鞭甩，讓光鬚捲上四周竹林，像武俠電影吊鋼絲般唰地將他拉上半空，高高盪起，還讓他在空中擺出一個武俠電影大俠客的威風姿勢，往前飛盪。

夜路在空中揮擺右臂，手揮到哪兒，鬆獅魔的吼波就轟炸到哪兒，猶如空襲一般。

夜路正威風著，卻殺出個白衣女人飛身竄上夜路後背，勒著他脖子張口就咬，被有財迎面打了記摻著貓毛的迷魂爆，又被夜路反手舉來的鬆獅魔張口咬著嘴巴。

那女人是驅使飛鬼的四指成員，和屍王一樣混在鬼群裡伺機突襲，她此時也摘下了戒指，滿嘴駭人利齒；但與她對咬的鬆獅魔可是百年犬魔，一嘴犬牙堅如鋼鐵，且咬合力量遠遠超過這四指女人，喀啦一聲，將這女人滿嘴牙齒都給咬碎。

然後鬆獅魔張口，補上一記吼波。

這吼波直接吼進女人嘴裡，轟隆一聲將她腦袋都給炸飛。

「嚇死人了……」夜路盪到了竹林高處，撫著胸口發顫喘息。「竟然有飛天女鬼……」

底下硯天希一陣衝殺，殺得幾個指揮屍群鬼兵的四指成員抱頭鼠竄，那些屍群鬼兵們無人指揮，一下子亂了陣腳，被阿滿師和郭曉春的傘魔大軍追出半月池，分頭衝殺，一下子退去大半。

然而，阿滿師和郭曉春才剛指揮傘魔退回外埕空地，那數批退遠的屍群鬼兵們，又重新集結，再次往三合院推進。

新一批四指成員衝過那些屍群，接替屍王鬼王們，朝著三合院展開第二波攻勢。

05郭家傘和王家傘

夜空上掛著新月，星空燦爛。

半月池濃稠得難以形容，精疲力竭的金色大鯉魔不再像一開始那般活躍，只靜靜地潛在水中指揮小鯉魔們，將那死去的四指成員和醒屍推出池水，往岸上堆。

三合院外埕血跡斑斑，遍地斷肢殘骸。

四名四指成員飛身躍過半月池，往三合院大門近逼。

上前迎戰的，是持著三味線的長門和抖開黑髮的安娜。

穆婆婆則拿著不知從三合院哪兒翻出的竹掃把，站在三合院門外，作爲第二道防線。

「又離，你休息夠了沒？我還想打！」硯天希坐在妖車車頂，見到那四指成員法術奇異，一下子放紫火、一下子吹毒風，不禁心癢難耐。「我想看看他們的火跟我的大火咒哪個厲害。」

「那還用看，當然是我們的大火咒厲害……」夏又離滿臉疲憊，捧著一堆貓舌咒化出的小貓，舔舐著身上傷口。「但是妳連續打了四場，休息一下吧，讓人家打呀……」

若自第一批屍王鬼王算起，此時攻進外埕的四指成員，已來到第五波攻勢的末端——

這連番猛攻從日落戰至深夜，幾批四指成員加起來接近百人，流派、國籍各不相同。

阿滿師、郭曉春、何孟超、魏云等三合院守軍，在擋下敵軍第二波攻勢之後，逐漸意識到敵人源源不絕，因此改變策略，輪流上陣。

協會除魔師和異能者們也分散成數隊，輪流休息，且分駐四周，以防敵軍繞入竹林襲擊三合院。

「老大，是不是該讓師弟上場了？」摩魔火攀在張意腦袋上，忍不住問：「這裡這麼多人，讓大家見識我們畫之光的厲害。」

「不。」伊恩斷手雖閉著眼睛，卻仍能說話。「我必須保留精力。」

「老大，你擔心安迪親自過來？」摩魔火這麼問。

前頭，安娜長髮捲住了一名四指成員胳臂，長門那銀流銳刃立時追來，卸下那四指成員胳臂。

「我不確定他會不會來。」伊恩答：「但這晚黑夢按兵不動，顯然跟張意有關。」

這數小時的漫長戰鬥裡，全無黑夢進襲的跡象。

「他們作夢也想不到，世上竟然還有其他人能夠操縱黑夢，甚至用得比他們更好，他們肯定嚇壞了。」伊恩這麼說：「這一波波攻擊，或許是試探我們的防守極限，也或許是等待時機——等張意累了，或是我累了。」

「這倒也是……」摩魔火說：「要是沒有師弟坐鎮，要是那些蚊子趁著黑夜進攻，連我也沒把握看個清楚，只有師弟能有辦法治那些蚊子和黑夢。」

張意不只能感應到黑夢，甚至能藉由莫小非的戒指，反過頭控制黑摩組心智——伊恩雖不知道鴉片、邵君與宋醫生遠去之後的發展，但曉得張意肯定讓黑摩組感到前所未有的威脅。

「但現在有個問題，是師弟不可能二十四小時都盯著天空。」摩魔火拍了拍張意腦袋。「師弟，你還醒著吧，千萬別睡著，現在大家可得靠你了……」

「我還不是很睏……」張意無奈地說，他倚坐在三合院牆前，雖然沒有多大睏意，但長時間待命下，身心都有些疲憊。

不知怎地，此時他心中竟隱隱期待黑夢再來。

或許是虛榮心作祟，令他十分渴望在這麼多人面前威風一下——儘管早上那段與黑摩組糾纏的過程裡，他斷了手，也尿濕了褲子，狼狽窩囊到了極點，但光是反過來控制黑摩組心神，令他們反咬，便是一件大快人心的事。

自然，他並沒有百分之百的把握，能夠在下一次對峙當中，再次重現早上情況。他輕輕撫著手上的戒指，身處在黑夢範圍外，他便無法透過這戒指聯繫壞腦袋了。

前方，四名四指成員中，三個被長門斬去腦袋、一個撫著斷臂盡力逃遠。

前方山道的凶氣並未減弱，反而更加旺盛——

第六波攻勢已經發動了。

「他奶奶的，這麼個打法沒完沒了，那些傢伙不用睡覺啊！」窩在妖車裡的孫大海，透過車窗見到遠處又上來一批人影，忍不住爆了粗口。

「大海爺，戰爭就是這樣。」夜路老氣橫秋地說，此時他盤腿坐在妖車長椅上，腿上擱著他那筆記型電腦。他在第一波攻勢之後，便未參戰——他在四周的氣氛影響下，加上被那白衣四指鬼王一嚇，反而文思泉湧，忍不住想要寫點東西。「敵人不會等你休息好了，甚至把防禦工事造得固若金湯之後才來送死，他們故意這樣打，要將我們的資源消耗殆盡。」

「你小子不睡覺，跟我聊打仗？」孫大海哼哼地說：「你不養精蓄銳，接著輪你上場時，你還有力氣打？」

「正在養精蓄銳呀。」夜路一面敲著鍵盤，一面答：「鬆獅魔跟有財睡好幾個小時了，大概待會就睡飽了，等他們醒了我才睡，我們是一個團隊呢，而我是這團隊的大腦，而我現在正在進行我的本業——寫作。」

「你小子不是說改寫愛情故事了？」孫大海生性喜愛熱鬧，喜歡與人說話，百無聊賴，找到話題便停不住口。「這妖魔鬼怪打打殺殺，你反倒有靈感了？」

「正是。」夜路嘿嘿笑著說：「當前這圍城困境，四周腥風血雨，刺激了我的大腦、小腦跟腦幹，讓我的靈感像是穆婆婆雜貨店裡那口古井一樣源源湧出，我要把這氣氛轉化進我的故事裡，把男女主角一生起落寫得蕩氣迴腸、百轉千折、雨雨風風、花開花謝、緣起緣滅，最後有情人終成眷屬。」他說到這裡，還抬起頭對孫大海說：「最後成書，印成八國語言，首刷印量一百萬本，好幾個國家同步發行——到時候我會請大海爺你和青蘋來參與我的新書發表會，我要在發表會上致詞感謝你。」

「感謝我什麼？」孫大海早知夜路說話跳脫浮誇，但倒也合他胃口，他嘻嘻笑著問：「謝我生了個漂亮孫女，刺激了你的大腦、小腦跟腦幹？激發了你的靈感？」

「何止呀……」夜路挑了挑眉。「還鑽進了我心坎兒裡，刺激著我的左心房和右心房，撲通、撲通、撲通、撲通……」

夜路猶自「撲通」個沒完，便聽見上頭傳來桐兒等人的笑聲，還有青蘋的叱罵聲：「外公，還有夜路——你們要不要睡覺？」

「好好好……睡覺。」孫大海攤攤手，示意夜路別囉嗦了。

「沒辦法，我還是得寫……」夜路壓低了聲音，說：「我到了清泉崗，就把故事大綱寄給出版社，也跟出版社約定好交稿期限——我必須在期限內寫完才行。」

「什麼？」孫大海不解地說：「你們出版社還在工作？黑夢都吞掉大半個台灣啦。他們躲在哪兒忙呀？」

「本來在台北，現在藏去哪我也不曉得。」夜路這麼說：「但確實還在運作沒錯，過去我一拖稿，他們立刻就派出野獸追殺我……」

「野獸哪有你手上的狗凶吶，你還會怕野獸？」孫大海呵呵笑著問。

「我都忘了說。」夜路呵呵笑著說：「過去出版社派來催我稿子的野獸，就是這隻鬆獅魔呀！後來陰錯陽差，黑摩組逮著我跟鬆獅魔，把那一貓一狗封進我身體裡，他們那時候在做人體實驗呀……還好被我逃出來了。」

「我說你有這麼多稀奇古怪的屁事。」孫大海說：「寫什麼愛情小說，寫仙俠神怪不是挺好。」

「賣不好呀……」夜路攤了攤手，無奈地搖頭。「畢竟我不是媚俗之人，跟不上市場主流趨勢。」

「你跟不上市場主流趨勢還想印一百萬本，要賣給鬼呀。」孫大海說。

「等我寫完再去跟何孟超談條件，要協會買單吞下九十九萬八千本，當成協會未來的課堂教科書……」夜路話還沒說完，鬆獅魔突然從他胸口蹦了出來，歪著腦袋吐下舌頭，喉間發出咕嚕嚕的威嚇吼聲。

「喂喂喂，你怎麼了？」夜路感到鬆獅魔散發出的凶氣，連忙說：「你作惡夢啦？剛剛我是聊到你，但沒說你壞話喔……」

「啊？」孫大海回頭透過車窗，只見山道逼近的那隊身影中，有支古怪長影高高挺著。

夜路闔上筆記型電腦，他也感受到了這一次的來敵，散發出來的那與眾不同魔氣。

「終於來了。」伊恩獨目睜開，閃閃發亮。

「喝——」摩魔火如臨大敵，甩出蛛絲拉起張意。

張意全身顫抖起來，驚恐地左顧右盼，仍然沒有感應到四周任何黑夢跡象，最後，他將視線放回逐漸逼近半月池的那大隊人馬。

兩側來敵手上都拿著紙傘，有數十人之多。

居中帶頭的男人，正是安迪。

立在安迪背後那高聳長影，便是在忠孝橋一戰時，以黑鍊制伏硯先生的王寶年巨傘。

「哇！是安迪！」何孟超的驚呼自三合院內發出，本來他與魏云、郭曉春、阿滿師都退入了三合院，分散在各處休息，此時一同感應到了安迪這路來兵的強大魔氣，紛紛聚回三合院外埕。

「那……那是王家當家那支傘！」阿滿師盯著安迪背後那數公尺高的王寶年傘，不禁駭然——王寶年傘，是王家傘師過去首腦王寶年規劃多時，用自己魂魄煉出的傘。那支大傘，傘柄處刻意造出許多握柄，目的是讓王家人協力操使，但後來王家落入黑摩組手中，安迪一人就能拿著那把本來必須多人合力才能使用的巨大囚魂傘。

「阿毛！」阿滿師長長吸了口氣，高聲喝令。「給俺拿鎮宅傘來——」

郭曉春張開護身傘，再次喚出傘魔大隊，在外埕中央擺出了堅城陣。

魏云捏了滿手長針，露出少見的緊迫神情。

「快快快，把安迪的樣子拍下來！」何孟超急急指揮著隨行手下。「他背後那把就是王家最厲害的傘，把安迪拿傘的影片傳給協會，他們就知道安迪沒死啦！」

安迪領著傘師大隊走近半月池，停下腳步，彈了記手指。

後頭一群隨侍協力舉著那王寶年傘，來到安迪身邊。

王寶年傘即使未張，露在傘簷外的傘柄，就有兩、三公尺長，安迪抓著直徑十餘公分的巨傘傘柄上的橫桿握柄，嘴裡喃喃唸咒，傘面上的符籙鐵鍊噹啷啷地震動起來。

「雪花！」郭曉春喝地一聲，轉動長傘，白鶴高高飛空，朝著安迪灑去一片白羽。安迪身旁幾名傘師立時張開紙傘，有的飛出厲鬼、有的竄出飛蟲，將竄向王寶年傘的飛羽一一攔截。

「一句話也不講，說打就打，不奇怪嗎？」安迪笑了笑。巨大王寶年傘，開始發出一陣陣鼓動，像是心跳一般，傘上的符籙繩索一條條綳斷。

同時，安迪單手褪下一枚枚戒指，放入身旁那隨從恭敬掬著的雙手中。安迪與其他四指成員不同之處，在於他摘下戒指，臉色神情也不會有任何變化。

「雪花！」郭曉春再次轉傘，指揮白鶴遠遠地發動攻擊。安迪身邊傘師再次攔截了那些白羽，但半月池前的地面陡然震動，竄出一條巨大土龍，直取安迪腦袋。

安迪隨意揚手，將那土龍上半截身子擊得炸裂，縮回了土裡。

「別讓他開傘！」何孟超遠遠地大喝一聲，磅地一踏地，白光自他腳下閃現，猶如一道藏在地底的雷，彎折竄去，穿過了半月池底，倏地在安迪身邊豎起，是四條白龍。

三條白龍捲上巨傘，一條白龍張大口要咬安迪腦袋，被安迪舉手掐住龍頸——一股股紅色光芒自安迪掌心灌入白龍咽喉，將白龍頸子越撐越大，跟著啪啦炸開，竄出一團腥紅蝙蝠。

上百隻血蝙蝠倏倏往郭曉春和阿滿師飛去，他倆正要操傘迎戰，天上便竄來一片火鷹撞上血蝙蝠，在空中炸成一團。

妖車加蓋廂體上，硯天希高高站著，望著安迪——恢復了神智的硯天希，儘管依舊驕縱任性，但至少察覺得出安迪與手中那把巨傘的力量，強大得難以想像，因此儘管恨極安迪，也不會像先前那般莽撞亂打。

「我沒去找你算帳，你自個兒送上門來呀。」硯天希大聲說，同時彎指畫咒，灑開第二波火鷹，全往他那巨傘飛去。「讓你看看正宗墨繪術。」

「別出手。」安迪揚起手，竟不是下令傘師護傘，而是要他們別攔那些火鷹。

巨傘炸起了大火，硯天希放出的十餘隻墨繪火鷹，瞬間將巨傘連同纏著巨傘的白龍燒成熊熊火棒。

「……」何孟超見安迪神色從容，一點也不擔心那巨傘受損，甚至連火燒到了自己身上，也只是伸手拍拍，隨手便能拍除爬上身的大火。何孟超提高了聲音，喊：「安迪，你這是在炫耀那把大傘水火不侵？」

「我只是提醒你們，這寶年爺傘的傘體並不會是弱點，你們不用白費心機試圖攻傘，因爲徒勞無功。」安迪說：「我親自帶著這把傘，想來會會鼎鼎大名的郭家傘——放心，我也不會直接破壞郭家的傘，那太無趣了不是嗎？」

「混蛋小子，好大的口氣，俺家的傘你想打就打得爛嗎？」阿滿師哼哼地罵，從阿毛手中搶下那紅傘，往前走出幾步，啪啦張開——

傘下紅光流溢、魔氣激竄，百年鹿魔羌子現身。

此時的羌子比起先前清泉崗機場巷弄裡讓阿滿師張傘喊出嚇人時的模樣，還要大上了一號，那半人身鹿首高度超過了四公尺，幾乎和一頭非洲象一樣高，巨大的紅色鹿角猶如凶猛的銳利劍山，一雙粗壯胳臂和拳頭彷彿能夠打裂山壁。

羌子抬起前蹄高高站起，發出窮凶極惡的鳴叫。跟著前蹄落雷般踏下，將外埕地面都踏凹了一塊淺坑，鼻子呼出的凶風颳過半月池，迎面颳過安迪身子。

「光這一幕，就不虛此行。」安迪像是對阿滿師這羌子傘感到十分滿意。

安迪剛說完，他身旁大傘終於緩緩張開——纏著傘的白龍迸裂瓦解，大火也逐漸熄滅。

「郭、意、滿——」年邁的怪異說話聲，自緩緩張開的王寶年傘下傳出，一條條巨大且泛著黑氣的鐵鍊噹啷啷地落下，巨大的身影從傘緣爬出。

「嘩！那是……王家大老闆王寶年！」「傳聞是眞的，他眞的將自己煉成傘了！」「他瘋了嗎？將自己煉成傘？」三合院裡的異能者們見了那王寶年自傘裡爬出大半身子、感受到前所未有的巨大魔氣，都驚恐騷動起來。

「安迪……」王寶年一雙大手，按著安迪肩膀，笑嘻嘻地拍了拍安迪的頭，說：「你說要帶我出來玩玩，原來是帶我來見郭意滿呀！」

「是啊。」安迪說：「你說你們從未謀面。」

「過去許多年，我想見他，他就是不見我。」王寶年嘿嘿笑著說。「他說他不喜歡我王家煉傘的方法。」

「我聽說過。」安迪笑著說：「郭家嫌王家煉傘的方式太殘忍了。」

「我喜歡殘忍。」王寶年大笑：「喜歡到忍不住用在自己身上呀，你說，是我成功，還是他成功？」

「我對殘忍沒有特別偏好。」安迪淡淡地說：「只要能得到好結果，就是好辦法。」

「哼！」阿滿師怒眼一瞪，舉起羌子傘大聲說：「睜大眼睛看好，我郭家傘跟王家傘的不同！」阿滿師這麼說，跟著把羌子傘高高一拋，回頭又對阿毛說：「竹頭鬼子傘！」

「哇——阿滿師怎麼把傘扔啦？」「傘師放開傘，那傘魔不就暴動啦？」「不會，這就是郭家傘跟王家傘的不同呀。」三合院裡的異能者聒噪討論起來。

在眾人驚呼聲中，那羌子傘緩緩落地，卻未倒下，而是直直立在地上，緩緩旋動。那巨大的羌子也並未有太大變化，像一頭訓練有素的軍犬，直直站著，威嚇地瞪著安迪。

阿滿師隨手又接過阿毛遞來的「竹頭鬼子」傘，倏地張開，隨即也往前一扔。

那青綠色的竹頭鬼子傘飛旋在半空，傘下竄出支支細竹，結成一個巨大人形，將傘高高撐起，那巨大竹人呈盤腿坐姿、頭頂青傘，遠遠看去就像是頭戴笠帽的釣客般。

「安迪，你敢放手嗎？」阿滿師扠著腰說：「想知道王家傘跟俺郭家傘哪裡不一樣，你放開手就知道啦！」

安迪微微抬頭，與掛在他頭上的王寶年互視一眼。

王寶年瞇著眼睛、咧開嘴巴，燦爛笑著說：「你不如放手讓他看看。」

「……」安迪笑了笑說：「我大概猜得出結果，我聽說過郭家傘的特性，宋醫生也跟我提過這一點，不過，那不是我想要的東西……」

「是呀。」王寶年哈哈大笑。「因爲太沒有效率啦！」

「效率？煉傘還講什麼效率，俺又不打算開大公司、當大老闆！」阿滿師氣呼呼地扠著腰，再開一把傘，又是那甲子童傘。

但這次，阿滿師摸了摸那甲子傘童，跟著將甲子傘拋給阿毛，讓阿毛拿著，自個兒空著手、扠著腰，往前走了幾步，指著王寶年大罵：「你這死老頭子，想看俺的傘，俺就讓你看個夠！你只是看看就好了嗎？不想來試試？」

「想喲，怎麼會不想……」王寶年嘿嘿笑著，雙手大張，此時巨傘已經全部打開，許多人都遠遠見著，那巨傘底側懸著上百支尋常大小的紙傘。

每一支紙傘都猶如心臟般微微彈動。

王寶年抖了抖十指，指尖垂下一條條黑色鎖鏈。

那些泛著黑煙的鎖鏈，如同游蛇般地爬上了安迪身邊、身後數十名傘師身上，繞上他們頸子——

鑽進了他們頭蓋骨裡。

「唔！」傘師們一雙眼睛變得漆黑一片，眼耳口鼻都冒出了黑氣。

他們一個個張開手中紙傘，往前開始進軍。

「啊！那些人……」三合院這頭的守軍，怎麼也想不到安迪和王寶年這攻勢的第一步，竟是一口氣殺盡隨行傘師，將他們當成屍兵控制。

在王寶年揚手甩動鐵鍊指揮下，數十名傘師們動作一致，都將紙傘斜斜地往前挺舉。

一隻隻冒著黑氣的傘魔落下，有龐然大獸、有成群鬼鳥、有遍地毒蟲、有凶戾惡鬼。

「郭意滿，我王家傘要過去啦……」王寶年嘿嘿笑地說。

「來來來，你立刻給俺過來！」阿滿師扠著手，回頭吆喝兩聲，喊來阿毛，拍拍他後背、托托他胳臂，像是在這當下還在教導阿毛如何正確使傘一般。

郭曉春長長吁了口氣，來到阿滿師身旁，轉動護身長傘指揮傘魔，在阿滿師身前擺出堅城守勢。

一隻隻王家傘魔躍過半月池，踏上外埕空地，往前直衝。

「退——」郭曉春緩緩轉傘、緩緩後退。後頭的阿滿師和阿毛，也跟著郭曉春後退。

郭曉春指揮著堅城守陣一連後退數公尺，見敵方傘魔大半都上了外埕，且越逼越近，甚至許多傘魔高高躍起，直撲熊虎牛馬，終於下令變陣。

「踏！」郭曉春挺著長傘，斜斜往前一戳，同時抬步往前重重一踏。

磅——

熊虎牛馬隨著郭曉春那聲號令，同時揚起前足往前撲踏，彷如重雷戰鼓。

轟隆一聲，整片外埕空地金光綻放，一片光波如同海上浪濤，自郭曉春那堅城陣往外擴散，震倒一片王家傘魔。

悟空、文生踏過憨牛笨馬的腦袋，舉著鐵棒、長劍躍上空中，落進王家傘魔陣中，掄棒舞劍四面亂打；千條毒蛇和數隻土龍在地板竄動游移，護衛悟空和文生。

大批飛蟲、怪鳥、蝙蝠四面竄向悟空和文生，但被郭曉春鳳凰傘裡的鳥隊攔下，短暫空戰之後被咬死大半。

更多傘魔躍上外埕，兵分二路，往羌子和竹頭鬼子攻去，右側的半人鹿羌子掄起粗壯拳頭，將撲來的王家傘魔一個個打得飛遠，甚至是直接打得爆裂碎散；另一邊的竹頭鬼子，則張開竹枝纏成的雙臂，竄出無數細枝，穿透那些傘魔身子，將他們高高舉上半空，然後扔遠。

「去！」阿滿師一手搭著阿毛後背，像是推著他學跑，往前跑了幾步，一手托高阿毛持傘胳臂，大喊：「衝！」

「衝呀——」

阿毛背後發出一陣小童吆喝聲，一整隊排好隊伍的傘童們，像先前一樣將雙傘插在背後，持著兵器踩在各自傘獸上，一聽阿滿師號令，立刻往前衝鋒。

像是一隊小型騎兵。

護身傘裡的樹人早已在堅城陣後方結出四道猶如階梯般的樹梯，還將那樹梯高高往前延伸，造得像是跳水平台般。

「駕駕駕駕！」二十餘名踏獸傘童高舉兵刃，踩著傘獸衝上樹梯、躍上半空，領著傘獸撲進王家傘魔陣裡，支援悟空和文生。

「把他們通通打進半月池裡！」阿滿師一面喊，一面推著阿毛後背往前。

「好有趣呀。」王寶年哈哈笑著，還低頭對安迪說：「你說有不有趣？」

「眞的有趣。」安迪點點頭。

「你想要那種傘？」王寶年問。

「小非或許想要。」安迪答：「至於我，比較想要那兩個——」

安迪這麼說的同時，指了指羌子和竹頭鬼子。「我非常好奇，如果用你王家的方式煉這兩個大傢伙，會煉成什麼樣的結果。」

「哦——」王寶年眼睛亮了亮，點點頭說：「你這問題問得好，比起耍布袋戲，那兩隻大的確實更有趣！」他邊說，邊抖了抖雙手，胳臂掛下十數條粗壯的巨鐵鍊，那些鐵鍊像是大蟒般揚起，倏倏倏地往羌子和竹頭鬼子竄去。

地。

「就知道你來這一套！」阿滿師見王寶年對他那鎮宅二傘出手，立時蹲下，拍了拍

本來盤坐著的竹頭鬼子陡然站起，揚起竹枝巨臂，化出千百支竹枝，與那竄來的鐵鍊捲成一塊；另一邊的羌子則張開雙臂，抓著兩條鐵鍊，大力扯動。

「把那老鬼從傘裡拉出來！」阿滿師這麼一喝，羌子和竹頭鬼子揪著鐵鍊緩緩後退，當真像是想將王寶年那半身巨體從傘中拉到外頭般。

「哦！」安迪忍不住微微驚呼。「他不用拿傘也能操傘？」

「……」王寶年揪著鐵鍊、瞇著眼睛，直直盯著三合院外埕上的阿滿師，開口問：「郭家鎮宅傘倒是名不虛傳……郭意滿，你四把鎮宅傘另外兩把呢？」

「另外兩把早壞啦，俺只剩下這兩把鎮宅傘啦！」阿滿師氣呼呼地說：「兩把就夠啦！你自己看，是你王家傘厲害，還是我郭家傘厲害？」

此時安迪隨行那數十名傘師操使的傘魔，大半在攻進外埕後，讓郭曉春的護身傘魔殺去大半。

「王家各地廠房裡藏著幾萬把傘，光是清點，就要花上好多時間呢……」王寶年呵

呵地抖了抖鐵鍊，他那胳臂垂下的一條條鐵鍊，有些高高飛昇豎起，彷如被王寶年當成了手般。「但不要緊，我帶了不少雜魚過來陪你玩玩。」

黑色鐵鍊一條條往上飛昇，自巨傘下抽出一把把紙傘。

同時，本來鑽進傘師腦袋裡的鐵鍊，則紛紛穿透那些傘師軀體，將傘師們高高舉上半空，堆聚起來，捲成一顆人肉大球。

一條條鐵鍊自巨大人球中穿出，不停纏捲捆繞，越纏越緊。

巨大人球瞬間縮小了一圈，卻沒有一滴血落下。

「那……那些都是人呀！都是王家的傘師不是嗎？」「王寶年連自家傘師都這麼對待，傘魔怎麼煉也可想而知啦，難怪他們那些傘魔一離手就要失控！」「王寶年是在『吃』那些傘師呀！傘師們的魄質都流進大傘裡啦……」

大批異能者和協會成員，見到那數十名傘師被捆成了人球、逐漸縮小，竟是王寶年將那些傘師當成了營養補給品般享用。

不一會兒，鐵鍊散開，原本的數十名傘師幾乎不見，只落下片片碎裂衣物，以及如同灰燼般的骨肉殘渣。

「呼——」王寶年吁了口氣，打了個飽嗝，甩出更多鐵鍊，一條條自大傘底抽出小傘，且一支支張開。

「哇！」不但三合院裡的異能者們和協會成員驚呼連連，就連魏云、何孟超也忍不住發出了恐懼的低吟。

他們感到那王寶年傘傳來一陣陣前所未見的巨大魔氣。

安迪面色依舊從容，但已不再單手扶傘，而是雙手都握住傘柄，且他手上十只戒指都摘下了。

這時，後方又奔來一隊四指成員，帶頭的是莫小非，他們卻沒有進攻三合院，而是護衛在安迪前後左右。

「嗯？」摩魔火複眼閃爍，說：「老大，安迪要全力操傘，騰不出手畫咒了，不如我們去突襲他！」

「不。」伊恩這麼說：「他故意的。」

「故意？」摩魔火問：「老大，你的意思是……他想騙我們去突襲他？」

「我猜他的目標是張意。」伊恩說：「他算得一清二楚，信心十足。」

「算得一清二楚？怎麼算？」摩魔火不解地問。

「在宜蘭那一晚，他跟我正面對決，當時張意的身體和我的手都有強大的古井魄質加持……」伊恩緩緩地說：「但我仍殺不了他，現在的我的手，就算拔刀，也無法持續太久。他一點也不怕我，他自認可以擋下我的全力突襲。」

「什麼……他眞擋得住老大你全力……」摩魔火本來有些不服氣，但只說到一半，陡然感到前方魔氣再次暴增，王寶年揚開百餘條鐵鍊，捲出所有紙傘，召出全部傘魔。

這批傘魔在安迪身前排成長長一列，陣容中有人有獸，身上都鎖著一條條鐵鍊，瀰漫著濃濃惡氣。

「哇！」摩魔火急急地說：「這批傢伙凶悍多了，那郭家小妹擋不住啦！老大，你眞不出手？」

「別急。」伊恩說：「在台灣，郭家可以跟王家並列兩大傘術宗派許多年，可不只是因爲郭家出了個天才而已……你沒發現嗎？我們腳下那支大軍，已經蠢蠢欲動了。」

「腳下……大軍？」摩魔火和張意不約而同地咦了一聲，摩魔火的腳下是張意腦袋，而張意腳下是三合院外埕地面。

地面微微震動起來。

「姓王的老鬼！」阿滿師在所有人都被王寶年傘那凶惡傘魔一齊發出的魔氣震懾時，卻沒露出一絲懼意，他扠著腰，大聲說：「要是到了別的地方，俺或許打不過你這支大怪傘，但這裡是什麼地方？是俺郭家祖厝呀！哪輪得到其他傘師來俺家門前撒野——」

隨著阿滿師那聲大喊，所有人都感到腳下地面除了震動，還發出一陣陣雄渾魄質。後頭磅啷啷幾聲響，三合院右側護龍門窗紛紛敞開、白光閃耀，一支支紙傘自房中飛出。一把把傘張開，彩光四溢，彷如煙花。

百餘把五色紙傘在空中盤旋半晌，分散飄落。有些豎立在圍牆屋簷上、有些落在牆角邊、有些盤旋在天上，一隻隻傘魔落在郭家三合院裡外。

分立各處的郭家傘魔們，手中拿刀拿劍的都舉了起來，沒刀沒劍的也舉起了拳頭或是爪子，咧開嘴巴或是抖起尾巴，全對著前方王家傘魔大隊，齊聲發出一聲凶悍吼叫。

「嘩——」三合院裡的異能者們和協會成員，讓這陣仗震懾得再次驚呼起來。「阿滿師這兒有這麼多援軍！」「阿滿師一個人能指揮全部的傘？」

「什麼全部的傘，不只呢！」阿滿師聽了後頭聲音，回頭嚷嚷地喊：「俺清點過了，加上羌子和竹頭鬼子，俺郭家地窖裡有一千兩百七十二把傘，現在飛出十分之一都不到呢！」

阿滿師這麼說完，又回頭對著王寶年大聲叫陣：「你王家財多人多，但你連自家人也舉手就殺，不論是人還是傘，在你王家裡連畜生都不如！俺郭家不一樣，俺的傘，自己會幫忙顧家！你眞當俺郭家現在只剩祖孫兩個人？告訴你，俺全家都在，現在全家打你這隻鬼——」

「安迪老弟——」王寶年瞪大眼睛，咧開嘴巴，興奮大笑說：「抓牢點喲，我將自己煉成傘，就是爲了有朝一日，我的身體老到再也不能動的時候，還能夠參與這種熱鬧的大場面呀。」

「能陪你一同參與這場面，是我的榮幸。」安迪點點頭。

06捕鼠籠

「啊！拍不到呀！」莫小非擠在安迪身旁，持著手機拍攝三合院上下那郭家傘魔守軍的壯觀陣容，但她見手機畫面只能拍出常人，拍不出傘魔，急得哇哇大叫：「這樣阿君他們沒機會見到這場大戰了……」

「郭意滿，我過去囉。」王寶年嘿嘿笑著，抖了抖鐵鍊。

王家傘魔大軍往前推進。

「來啊！」阿滿師大喝一聲，拉著阿毛和郭曉春緩緩後退，郭家傘魔們則紛紛往前。

「化胎妹仔，俺郭家大屋四周交給妳看著啦。」阿滿師高聲大喊：「別讓賊人偷溜進來喲！」

隨著阿滿師那聲呼喚，幾道青光自三合院後方化胎土堆打上半空，像是數條青蛇，竄進竹林飛梭遊繞，使整片竹林都發出了青光。

竹林唰唰地搖動起來，一片片竹葉被青光捲上半空，再像風吹櫻花般飄落散開，飛向三合院各處屋頂和牆角，一片片貼上郭家傘魔們的身子，化出各式各樣的青色竹甲冑。

「吼——」百來隻王家傘魔拖著百餘條黑色鐵鍊，飛躍過半月池、衝上外埕空地，朝著郭曉春和阿滿師直衝攻去。

「堅城！」郭曉春高聲下令，護身傘魔再次在三合院紅色木門前結出堅城陣勢。

「阿毛，城下要有兵。」阿滿師拍拍阿毛屁股，阿毛立刻搖動傘柄，讓甲子傘童們領著傘獸，在郭曉春的堅城陣前排出一列長陣。

黑色風暴和青色光風自兩軍短兵交接處掀起，像是巨浪拍上岩岸激出的浪花。

熊仔揮動熊爪拍向王家傘魔腦袋，肚子先捱著一隻似蛙似鳥的怪魔一爪；虎仔咬住了敵方一隻凶魔頸子，也被一隻猛鬼咬住了尾巴；憨牛笨馬抬足頂角地和幾隻白髮凶魔纏鬥起來；悟空、文生領著傘童們揮舞兵器大戰王家傘魔鞭來的鐵鍊。

「嘎！」「呀！」在最前頭的甲子傘童們率先不敵王家傘魔，一個個被打斷了手腳哭叫奔逃地鑽回傘裡——

「別哭、別哭，痛了、傷了回去休息，叫兄弟朋友出來幫忙！」阿滿師一手托著阿毛胳臂，協助他操傘，另一手高舉揮舞——在這施下了嚴密術陣的郭家祖厝土地範圍裡，阿滿師能夠徒手指揮全家的傘。他比手畫腳地吆喝著，將前線負傷傘魔喚回傘裡，驅傘飛回地窨，同時從地窨喚出新傘接戰。

「好厲害啊！」何孟超佇在紅色大門前，看得目瞪口呆，忍不住對魏云說：「十多年前郭家傘莊大戰時……阿滿師還沒辦法這樣操傘，對吧……」

「那次大戰我沒參與呢。」魏云這麼說，隨即補充：「但從你們提供的資料裡，當年的阿滿師確實還無法同時空手指揮這麼多傘。」

「郭家新一代天才傘師，名不虛傳呀……」王寶年瞇著眼睛，看著身居前線中央的郭曉春，見她指揮著護身傘，擋下一波波王家傘魔的攻勢，忍不住低頭對安迪說：「我好嫉妒郭意滿有這孫女呀，我兩代後人全加起來，也沒她的本事……要是我有這麼一個孫女兒持著我，那可完美無缺了……」

「如果她加入我們，能夠加快硯先生傘參戰的時程嗎？」安迪問。

「別的不提，只談馭傘，她或許不用半天就能馴伏那狐魔。」王寶年說：「她手中那十三把傘分開來看，連三流都稱不上，在我王家傘裡，連前一百名都排不進，但讓她拿在手裡，卻融爲一體，擋下許多更加凶猛的傘魔——如果讓她換一批更厲害的傘，那可要飛天遁地啦——」

「張意、伊恩、魏云、長髮安娜、郭家祖孫……這地方可是個大寶庫呢。」安迪笑了笑，又伸手一招，拍出一隻巨大血蝙蝠高高飛天，在空中炸出一陣血色光芒。

「終於輪到我出馬啦！」莫小非哈哈一笑，吆喝一聲，領著一隊四指殺手往前推進，但他們在距離半月池尚有一段距離時便分散開來，竄入四周竹林中。

「哇！莫小非要來了。」何孟超見到前方莫小非有了行動，急急回頭朝三合院裡一招，喊：「做好準備，隨時接戰，敵人完全不給我們喘氣的機會！」

「一組往左、二組往右，三組聽何孟超指揮！」魏云手一招，領著第四組協會除魔師，轉往三合院後方。

「哼。」阿滿師一面與王寶年傘大戰，一面也留意到竄進竹林、緩緩往三合院包圍逼近的四指殺手們，他揮了揮手，三合院護龍中又竄出一批紙傘，往三合院後方化胎土堆飛去。阿滿師回頭朝三合院裡大喊：「閒著沒事的傢伙，幫忙守化胎，化胎不能丟，一丟三合院就保不住囉……」

「阿滿師眞老實呀！」莫小非哈哈大笑，說：「聽到沒有，通通去後面，打那個什麼——化胎！」

「啊呀。」「阿滿師幹嘛自己把弱點講出來呀？」異能者們發出騷動，但也有人說：「十幾年前攻打郭家的四指都知道要打化胎了，黑摩組又怎麼會不知道！」

「郭意滿，我向你借那兩隻大傢伙玩玩！」王寶年像是觀察郭曉春觀察得夠了，突然改變目標，大力揚臂，抖動起左右那兩條粗壯鐵鍊，一舉將羌子和竹頭鬼子往前拉動。

那本來受了阿滿師命令，要將王寶年揪出傘的兩隻郭家鎮宅大魔，被王寶年使力一拉，像是突然感受到排山倒海的巨力，雙雙向前撲倒。他們奮力站穩身子，但王寶年咧嘴笑著，一雙大胳臂緩緩繞動，像是收錨般將兩條巨鍊旋上胳臂，將羌子和竹頭鬼子緩緩往前拉。

「你這夭壽子，俺答應借你了嗎？鎮宅傘來——」阿滿師氣憤地雙手一張，本來分立兩邊的羌子傘和竹頭鬼子傘，立時竄回阿滿師手裡。

阿滿師拿回了羌子傘和竹頭鬼子傘，深深吸了口氣，轉動雙傘。羌子仰頸長鳴，半人身上那結實肌肉鼓脹一大圈；竹頭鬼子則是站起身來，微微彎膝、奮力拉扯臂上鐵鍊，像是在與王寶年拔河般。

「哦——」王寶年哼了哼說：「郭意滿，你非得三催四請，才要認眞跟我玩呀？」

「玩你個頭，沒看俺累個半死了嗎？俺正拚老命保俺郭家祖厝呀！」阿滿師憤怒大罵：「哪像你這雜種屌的賊老鬼！安迪殺了你許多兒子女兒，把你王家整個搶去，你不打他，甘願做他的傘，幫著他殺你自家人、殺一堆人，你神經病啊？」

「不是我甘願做他的傘，是他甘願做我的手。」王寶年嘆著氣說：「誰教我兒子、女兒不爭氣……那些不成才的小子，好幾個合力都拿不起我。讓安迪拿著我，有趣多啦！要不然……你把你那孫女兒讓給我，讓她當我的孫女，讓她陪我玩玩呀。」

「哇！你個雜種屌的……」阿滿師聽王寶年打起他寶貝孫女的主意，可氣得眼睛都要噴出火來，罵出長長一大串粗口，舉著雙傘大喝一聲，羌子和竹頭鬼子同時發出怒吼，鼓足了全力拉扯鐵鍊。

同時，更多傘自三合院右護龍竄出，在外埕上空張開，一隻隻傘魔落下，有些抱上那粗壯鐵鍊，有些扯著羌子和竹頭鬼子身子猛力往後拖動。

「哇，你把全家都喊出來跟我拔河呀？」王寶年瞪大眼睛，哎呀呀地叫嚷起來，只見他雙臂開始顫動起來，胳臂上筋脈浮凸、黑氣竄散，隨著阿滿師喊出越來越多傘魔助陣，王寶年那巨大半身，當眞一吋一吋地給拉出那巨傘。

他的胸肋以下，不見腹部，只是一截截捲著黑色鐵鍊的脊椎骨。

「啊呀，你們別拉了，寶年爺會疼耶！」莫小非氣呼呼地奔到半月池前，踏出一道道大影士兵，抱住了兩條粗壯黑色鐵鍊，幫忙拔起河來。

同時，半月池內側也豎起幾道白影，是何孟超召出的白色怪龍，那些白龍也捲上半月池這端的鐵鍊，往內側拉。

一片火鷹竄向莫小非。

「臭狐狸，又是妳，想偷襲我呀！」莫小非跳腳閃避那陣熊熊爆炸火光，氣得踏出影人，竄向自外埕上方飛來的夏又離和硯天希。

夏又離一手挽著硯天希，一手抓著墨繪飛羽，滑翔飛過半月池，硯天希則召出了懶人手，早畫好滿手墨繪咒術，胳臂上依附著層層疊疊的墨繪光陣，一過半月池，立刻朝莫小非灑去。

「誰偷襲了，我要光明正大宰了妳！」硯天希領著那大量墨繪鎮魄犬、怒兔和凶爪怪猿，炸進莫小非的影人士兵隊伍中。

那周遭立刻掀起一陣火光影海，莫小非摘下了全部的戒指，身邊旋起風暴，背後結出十餘隻巨大影臂，流星般毆向硯天希全身。硯天希則和夏又離聯手舉起四隻破山胳臂，奮力格擋，伺機出拳還擊。

「……」伊恩那斷手獨目先前一直半睜，見到硯天希殺過半月池，這才完全睜開，藍光綻放。

雪姑銀絲纏上張意全身，拉著張意往前奔去，長門則隨行在後。

「老大！」摩魔火見伊恩終於開始行動，且直直往莫小非的方向奔，興奮地問：「我知道了，你說安迪能夠擋下你的突襲，但莫小非肯定擋不住，所以我們去殺她！」

「不。」伊恩嘿嘿一笑，沒有直接回答摩魔火，而是對張意說：「張意，你知道爲什麼安迪不使用黑夢嗎？」

「呃……」張意感到身體動了起來，不禁害怕地連連嚥起口水，忍不住問：「是因爲……清泉崗那些石箱子裡的魄質，還不夠讓黑夢來到高雄嗎？」

「不。」伊恩說：「因爲安迪怕你。」

「怕我？」張意呆了呆，說：「怕我反過來用黑夢控制他們？」

「對。」伊恩說：「這一點，或許會成爲我們逆轉的關鍵——你說，那壞腦袋對你說過，目前只有你能夠當面和他說話、使用他全部的力量，其他人都沒辦法辦到——但這優勢能夠維持多久，卻不一定……所以我們得在還擁有這優勢的時候，攻入黑夢核心，斬除艾莫，奪下黑夢的控制權。」

「但要一路攻進黑夢核心，只靠我們不夠，我們需要更多幫手，那小狐魔是不二人選。」伊恩這麼說。「現在我們不是去殺莫小非，是去救那小狐魔。」

伊恩才說完，張意的身子便像風一樣斜斜地奔過外埕，在半月池邊躍了起來。

他奔過之處，還留下了漫天符籙。

那些符籙飛梭亂竄，一張張貼上沿途經過的王家傘魔腦袋或是身子，在他們身上竄出一條條奇異怪繩，纏捲著王家傘魔們的手或腳。

儘管王家傘魔們在王寶年親自指揮下，迅速便掙斷明燈這符縛之術，但在緊迫的短兵相接裡，郭家傘魔們可不會等王家傘魔掙斷繩子準備好了才動手，而是逮著機會刀槍劍棍一陣猛打，瞬間便打倒一片王家傘魔。

「伊恩出手了，大家再加把勁！用縛魔索！」何孟超高聲指揮著協會除魔師聯手施術，結咒打出一道道光繩捲上左右兩道粗長黑色鐵鍊，使勁將王寶年繼續往傘外拉。

挪移。

安迪面無表情，雙手仍抓著巨傘，但在協會除魔師們協力拉扯下，開始緩緩地往前

持續自山下趕上來支援的四指成員們並未殺入戰局，而是放出了群鬼，緊緊抱著大傘，協助安迪穩住身子。

「逮到你了，臭又離！」莫小非逮著了個機會，以影人絆倒夏又離，趁著他腳步不穩的空檔，揚動數條巨大影臂，牢牢掐住夏又離身子，同時，且還有兩隻影人士兵，舉起黑影大刀，要往夏又離和硯天希相連的胳臂斬去，像是想要將他們一分為二。

「笨蛋，妳上當了！」硯天希哈哈一笑，身子倏地竄入夏又離體內，再從他胸前竄出，順勢將他身子往前一拉，避開那影人士兵一記重斬，同時，一記破山大拳，結結實實打在莫小非臉上。

莫小非猶如脫線風箏，高高飛起。

硯天希甩出幾道黑藤，又將莫小非拉回面前，一把將將她按在地上，轟隆一拳，將莫小非腦袋打進了土裡。

「妳這臭婊子，摘下全部戒指都打不過我，妳……」硯天希得意地說，突然感到背後湧現凶惡戾氣，回過頭來，只見身後又站著一個莫小非。

第二個莫小非雙手掐住了硯天希。

腦袋被打進土裡的莫小非則笑嘻嘻地扭身站起，自後頭架住了夏又離。

第三個和第四個莫小非，從夏又離和硯天希左右竄出，伸手往硯天希腦袋抓去——

一道紅光，閃電般劈進距離半月池數十公尺外坡地土中。

四個莫小非同時消失。

「啊！被他發現了！」莫小非的尖叫聲自安迪後方一處山林間發出。

「剛剛跟我打架的……是她的影子？」硯天希駭然大驚，連忙拖著夏又離躍回半月池邊，瞪著莫小非聲音發出之處。

「廢話，當然是影子！」莫小非遠遠地走出林間，哼哼地說：「妳眞以爲妳打得過摘下全部戒指的我？」她這麼說的同時，揚了揚右手；她右手中指、無名指和小指空著，拇指和食指都戴著戒指。「看，我只摘下三枚戒指呢！」

「哼……」硯天希咬牙切齒，儘管她此時沒受黑夢影響心神，但天生倔強脾氣發作，怒氣沖沖地說：「好，妳出來，我們正式打一架！」

「妳等著。」莫小非冷笑著往前，邊走邊摘下右手拇指和食指上的戒指。「五枚，夠了吧，還是妳有信心同時和七隻指魔打？」

「臭婊子，快把妳全部的戒指……」硯天希火冒三丈地畫出力骨咒附上了背後。但她正罵到一半，又見一道半月紅影斬進更遠一處土中。

那走到一半的莫小非再次倏地消失。

「哼！臭伊恩，你不要搗亂好不好——」莫小非的聲音遠遠地從山林間傳出。「安迪，他們不上當怎麼辦？」

張意踩過明燈拋至池面上方的符橋，來到硯天希和夏又離身後，連刀帶鞘地將七魂高高舉起。

一同抓著七魂刀鞘的伊恩斷手獨目大睜，兩道紅光分頭斬向左右，將數十條王寶年用以控制王家傘魔的黑鍊同時斬斷。

數十隻王家傘魔登時失控，凶猛吼叫著，雜亂無章地亂竄亂打起來。

「……」安迪冷冷望著張意和伊恩，一語不發。

「是……」張意收到伊恩指示後，點點頭，將七魂朝著安迪一舉。

一道紅光倏地斬向安迪左肩，安迪閃身到了巨傘右側，避開那一斬。

切月第二道紅光更快，在安迪繞到巨傘右側之際，已經斬到他面前。

安迪仍然避開了這記斬擊。

但他爲了閃避切月第二記紅光斬擊，腳步跨得稍大了些，不得不鬆開了手。

他和巨傘分開了。

「哦……呵呵、嘿嘿嘿……安迪，你鬆懈了，你……」王寶年咧開嘴巴，燦爛笑了起來，一道道奇異黑紋浮上他滿臉、爬過他肩頭、竄上他雙臂。

「啊呀！」阿滿師盯著安迪，陡然大喝：「安迪鬆手了，大傘要反噬了，曉春！阿公掩護妳，一鼓作氣打扁他們——」

阿滿師這麼說的同時，一面高聲下令，羌子和竹頭鬼子齊聲怒吼，周身竄起紅氣青風，循著王寶年左右胳臂那兩條粗實鐵鍊一路竄去，衝散了鐵鍊上的黑氣，繞上王寶年胳臂，一路往他臉上爬，鑽進他口鼻耳朵裡。

「吼吼吼——」王寶年仰起腦袋，身子被拉出傘外更遠。

安迪伸手要去拿傘，但被王寶年身子撒下的大片鐵鍊纏住；鐵鍊唰唰唰地捲上安迪全身。

「伊恩老大，拖住安迪，別讓他重新拿傘！」何孟超高聲大喝，踩上一條白色巨龍，飛梭往前竄來，像是想要親身參戰一般，同時急急喊著。「王家煉傘殘暴不仁，王家的傘一離手立刻就要反噬傘師！大家一起上，趁這機會一舉要安迪性命！」

伊恩沒有任何動作，而是低聲囑咐長門幾句。

長門聽神官翻譯，回頭望向外埕上那挺著護身傘往半月池奔來的郭曉春。

郭曉春在阿滿師指揮傘魔掩護下，不再與失控暴亂的王家傘魔糾纏，而是領著護身傘魔大隊直奔半月池。

數條土龍在半月池上空搭起了一座拱橋，郭曉春抓著護身長傘，踩上土龍拱橋，急急攻來；但她奔到一半，卻見到前方長門竟也奔上土龍拱橋，朝她迎面跑來。

在這瞬間裡她無暇細想，只當長門另有要事回頭，本能地搖傘變陣，腳下土龍拱橋一分爲二，竟伸出一條較小的土龍，將她高高舉起，往半月池對岸托去，讓出原路讓長門通行。

但長門竟一個飛躍起來，在空中撥弦甩出銀流，捲上郭曉春腳下那小條土龍，借力一盪，盪到了郭曉春面前，張手攔住了她。

「妳！」郭曉春駭然大驚，她身後跟著的傘魔，還沒等郭曉春下令，見長門瞬間竄到郭曉春面前，本能地出手護衛。

「別往前——」緊跟在長門身邊的神官尖叫：「安迪故意引你們過去！」

「停！」郭曉春能以意念控傘，見隨身傘魔就要襲向長門，急忙緊握了握傘柄，令悟空、文生揮向長門的鐵棒和長劍急急停下——

只見鐵棒和長劍上都捲著一束銀流，倘若郭曉春沒下令喊停，悟空的鐵棒和文生長劍也無法打著長門。

「什……什麼？」何孟超本來踩著白龍跟在郭曉春身後要過池突擊，見場面突變，又聽神官尖叫，也嚇了好大一跳，指示白龍停下，呆愣愣地望著半月池前的張意和更前方的安迪。

「安迪，本來我以爲你沒有缺點。」伊恩冷笑地望著前方被王寶年放出的鐵鍊捲成猶如一具黑色木乃伊般的安迪，說：「但我剛剛才發現，你的演技還要加強。」

「嗯……」王寶年本來歪頭咧嘴、兩眼亂翻，一副心神失控的模樣，此時聽伊恩這麼說，不由得尷尬呆愣半晌，低頭望著安迪，說：「現在還要繼續嗎？」

「不了……」安迪哈哈一笑。「騙不過他。」

「可惜。」王寶年哼了哼，臉上胳臂上的黑氣褪去，捲著安迪的鐵鍊也撤了，跟著身子緩緩往傘裡退。

「吼——」羌子和竹頭鬼子再次緩緩地被往前拉動，他們使盡全力，連同後頭傘魔大隊和協會光索一同施力，這才穩住腳步不被拖動。

所有人這時才知道，剛剛王寶年那副反噬模樣，竟然是在演戲，且他其實還保留著餘力。

只見王寶年身子不停退縮，那外露的脊椎又縮回傘裡，像是寄居蟹安然回殼一般，似笑非笑地嘟囔著：「我這鐵鍊能伸長呢，一票老傻瓜、小傻瓜們怎麼會覺得能將我拉出傘呢？」

「啊！」阿滿師本來指揮著郭家傘魔大戰王家傘魔替郭曉春開路，見到前方戰情異變，不解大喊：「發生什麼事？曉春為什麼停下？啊！那姓王的老鬼怎麼沒有反噬？」

「反噬？」王寶年哼哼地說：「你將我當成尋常蠢傘嗎？我都說我心甘情願讓安迪做我的手啦，我反噬他，那還有誰來拿我？我豈不永不見天日了？你又不將你孫女讓給我……嘿嘿，就差一點，太可惜了……」

王寶年說到這裡，陡然腦袋一伸、大口一張，吐出一條怪異長舌，舌尖化出數條黑色鐵鍊，飛快竄向郭曉春。

「擋！」郭曉春挺傘守禦，傘魔群起攔阻。但那數條黑色鐵鍊彷彿無堅不摧，先是穿過數條自水下揚起的土龍巨體，跟著穿過悟空和文生身子，再擊碎了白鶴掃下的羽爪。

但攔在郭曉春面前的長門，像是早有準備王寶年會發動突襲，在那鐵鍊捲來之前，攔腰抱住郭曉春往外一撲，避開鐵鍊捲擊。

兩人並未跌進水裡，而是被池裡躍起的黃金大鯉甩尾托上外埕空地上。

她們在空中脫手的三味線和護身傘，則被金色小鯉魚們，托排球般地接力推回她們手中。

黑色鐵鍊在空中轉向，閃電般追來，被七魂切月發出的紅光斬斷，化成黑煙。

「伊恩，你怎麼看出我是誘敵？」安迪扠著腰，仍然未動手去拿王寶年傘，只是靜靜望著七魂上伊恩斷手。

「我時常衝動誤事，你跟我不一樣，你目標大膽，但細節謹慎。」伊恩哼哼地說：「這麼謹慎的你，明明知道我也在這，怎麼可能拿著一支放開手就造反的凶器過來。沒有身體的我，或許殺不了你，但要逼你鬆手卻不難。」

「原來我小看了你的自信。」安迪呵呵笑著說：「確實是我疏忽了，或許我被你那位小老弟嚇得亂了陣腳了吧。我這『捕鼠籠』計畫算是失敗了……今晚到此為止吧。」

「什麼！安迪，你幹嘛說出來啦！」莫小非終於從林間跑出，奔到安迪身邊。「就算今晚抓不到，明晚再來抓啊，臭狐狸、臭張意、臭伊恩、臭七魂……還有那傘師小妹，一條大魚都沒撈到，就要走？」

安迪拍拍莫小非的頭，笑了笑，轉身就走。

阿滿師等人聽他們這陣對話，這才醒悟，黑摩組在沒有黑夢支援下，要攻下有千把囚魂傘防守的郭家傘莊，可有一定難度，所以安迪和王寶年故意示弱，刻意是將目標誘出，再見機擄人——

安迪的目標是張意和伊恩，莫小非和王寶年的目標，則是百年狐魔硯天希和天才傘師郭曉春。

但伊恩並未上當，不但不主動強攻安迪，且識破莫小非擒硯天希、也攔阻了王寶年抓郭曉春。

「夜深啦，回家睡覺囉。」王寶年抖了抖兩條粗鍊，巨大的黑色鐵鍊立時化成黑煙，他咧嘴笑著，交叉著手，說：「郭意滿，我好羨慕你呀……你讓你孫女拿著那些破傘，眞是糟蹋了，應該讓她拿拿我王家好傘……」

「死雜種屌的，你還留了一地『好傘』在俺家門前撒野呀！」阿滿師氣憤大罵。

此時失去了王寶年指揮，散落在三合院外埕上暴動作亂的王家傘魔，還有三、四十隻。這些傘魔即便無人指揮，卻也凶悍異常，持續打傷甚至打死一隻隻郭家傘魔。

「那些破東西，哪稱得上『好傘』。」王寶年笑著說：「只是雜魚罷了，就讓我家雜魚跟你家雜魚玩開心點吧。」

07最後的突擊隊

盧奕翰將鬆開的布條揭下，抖了抖，重新綁在臉上，當作口罩。

繼續推著獨輪推車，將一整車四指成員和醒屍的屍身殘骸，推往三合院後方。

由於這幾日天氣晴朗，一大早便艷陽高照，昨夜一戰過後，三合院外埕和周邊堆滿人屍。眾人也立即在阿滿師指示下，在三合院後方挑了塊坡地，挖出一處大坑，將那些屍體埋入土中。

外埕前的半月池由於被灌下大量血水，加上泡了整夜的醒屍屍骸，即便換了一整個早上的水，依舊混濁腥臭，原本的活魚全死光了；筋疲力盡的黃金大鯉魔和一干小鯉魔，吃完了阿滿師撒的符法飼料，靜靜躲在水中休息。

昨晚安迪和莫小非撤退之後，何孟超和魏云依舊不敢掉以輕心，他們本來以為敵人還會發動新一波攻勢，但一直到太陽出來，敵人都不再來犯。

眾人可不敢因此而鬆懈，在何孟超和魏云安排下，異能者和協會成員分成了數個班次駐守待命。

到了上午，協會成員們開始分工，將原本駐紮在外側坡地上的帳篷，全往三合院內埕遷移，且在三合院四周以竹枝堆築新的營區和防禦工事；同時也有一批人，在結界四周布置能夠抵擋黑夢的防禦結界——安娜在敵軍撤退的後半夜裡，帶著阿彌爺爺向何孟超解說那針陣原理。

何孟超的結界造詣比安娜和穆婆婆更爲高明，一面和安娜討論，一面已經安排手下準備煉陣材料——阿滿師這地方有大量竹枝能當作針陣的「針」，煉針所需藥材原料，在阿滿師那修煉傘魔的地窖中大多都有，欠缺的幾樣植物材料，也都能在山中找著。

由於聚在此處的協會成員和異能者們有數百人之多，外加大批傘魔幫忙，只一上午，便在三合院四周造出了好幾座瞭望高台和防禦工事，甚至在三合院內外，搭出一處處兩三層樓高的隔間棚架，供所有人輪流休息。

孫大海和青蘋兩人合力，將那古井大樹移植到了三合院後方的化胎坡地上。那處化胎，控制著三合院周圍大片竹林，猶如一張嚴密監視網的核心，要是化胎遭到破壞，阿滿師便等同失去了所有的眼線，再也無法掌握三合院周邊動靜。

協會成員在化胎外圍與竹林間的空曠坡地上，整理出好幾處露宿營區，且在前頭的整片竹林中布下嚴實結界，穆婆婆的帳篷就搭在大樹底下。

「嘿，這位大哥，你……我記得你叫盧奕翰是吧……」張意來到推著獨輪車的盧奕翰身旁，堆著笑臉、搓著手問：「有沒有空聊一下……」

「呃？」盧奕翰呆了呆，揭下摀著口鼻的布條。「聊什麼？」

「師弟！」摩魔火對張意這問話態度有些不悅，大力拍打張意腦袋，說：「老大要你招募突擊隊員，你怎麼像個皮條客一樣？」

「突擊隊員？」盧奕翰不解地問：「什麼突擊隊員？」

「是這樣的——」摩魔火大聲說：「後天傍晚，晝之光新一批援軍會抵達台灣，這支援軍是臨時集結的——因爲你們本來停在海上的支援部隊都撤光了……到時候，伊恩老大會帶領這個地方自願參戰的突擊隊，北上與晝之光援軍會合，全力進攻黑夢，利用我師弟的力量，找出那壞腦袋，取得整個黑夢控制權。這過程中，我們需要一名協會成員陪同，讓我們與協會保持聯絡。我們聽說你在蘇澳陪伴穆婆婆一段時間，有與黑夢正面作戰的經驗，加上又是那小狐魔的輔導員，我想你非常適合這趟行程。」

「哦？」盧奕翰問：「又離和天希也會去？」

「會。」硯天希的聲音，自張意身後竹林上方傳下。

硯天希在竹林高處，以墨繪術的黑藤咒結出一張寬闊吊床，和夏又離擠在一起。她伏在那吊床上，透過網眼往下望，說：「聽說安迪逮著了那隻混蛋老狐狸，我想去見見他。」

夏又離則說：「奕翰，你考慮清楚……不用勉強。」

「我無所謂……」盧奕翰聳聳肩，戴回口罩，拍拍張意肩頭。「先讓我忙完，問問何主管，再給你答覆。」

「好……」張意點點頭，繼續往前走，來到三合院外埕的妖車旁，見到安娜正揭開車頭引擎蓋，拿著螺絲起子和符籙，像是在替妖車維修一般。

孫大海則佇在妖車上那小陽台裡，捏著百寶樹莖藤施術，一面大聲說：「這倒是不難，當年我空著百寶其中幾寶，就是爲了將來種出樹之後，還能增添新功能——不過要生出符合大頭目你需求的『人身果』，需要極大量的魄質，且在生長過程，其他果子恐怕是不能隨意長了，還需要我時時刻刻照料——我看你這趟行程，是少不了我了，呵呵——」

「種草人，你倒眞乾脆。」摩魔火從張意頭頂躍上妖車車頭那小陽台，對孫大海說。「我得提醒你，兩天後那行程可不是郊遊，你可以多考慮兩晚。」

「我可也曾和大頭目一同從黑夢逃出，怎麼會不知道黑夢裡的凶險呀！」孫大海指指身旁，七魂便倚著小陽台旁那鐵皮小廁所牆面，伊恩斷手獨目睜著。

「啊呀，你怎麼把老大跟七魂放在廁所旁？」摩魔火氣呼呼地蹦上小陽台欄杆，叱問著孫大海。

「不要緊。」伊恩眨了眨眼，說：「我和孫大海談過了，他願意替我種些人身果——你們還記得他先前說過，他當初是如何造出假身，騙過四指的經過嗎？」

「人身……果？」摩魔火驚訝地說：「老大，你想用那植物假身，當作自己的身子？」

「是。」伊恩說：「當然，只能用在緊急時刻就是了，植物假身有時限效力，但還是比活人身體安全許多……這段期間我這斷手即便沒睜眼，也沒閒著，我和明燈老師不停研究移魂術和附身術，如果這百寶樹能夠造出完美無缺的假身，那麼我或許有機會藉著假身復生——十幾分鐘。」

摩魔火聽到「復生」兩個字，驚喜得差點暈倒，但隨即聽見「十幾分鐘」，不免有些失望，喃喃地說：「才十幾分鐘？」

「不一定，或許長一些，也或許更短。」孫大海捏著百寶樹，說：「我的草人假身術就是爲了以假亂眞，這二十多年來，練得爐火純青，造出的假身不論是神態、樣貌甚至是身體散出的魄質氣味，都和眞人一模一樣。但用來打鬥，能夠支撐多久，我現在還眞說不準……」

「用來殺黑摩組，十幾分鐘足夠了。」伊恩笑著說。

「哦！」摩魘火訝異說：「老大你想用假身拿七魂戰鬥！」

「是啊。」伊恩眨眨眼說：「我終究還是得顧慮張意的安危，在短兵相接的緊要關頭，我怕我無法全力揮刀……況且，到時候我們需要張意全心控制黑夢，要是像上次一樣，拉著他蹦蹦跳跳，他不能專心控制黑夢、我不能專心殺黑摩組，那怎麼行。」

「也是……」摩魘火這麼說：「那孫大海，這些天就麻煩你種多點人身果，囤個十箱八箱，以備不時之需。」

「十箱八箱？」孫大海搖頭苦笑。「那樣大量產出的假人，插在田裡嚇野鳥或許可以，但要用來打黑摩組，可不能那麼隨便，得造結實點——或許整趟行程，只能造出幾顆而已呢……總之，我盡力耗上這條老命就是啦！」孫大海說到這裡，朗聲大笑起來，望著在遠處幫忙搭建帳篷的青蘋，說：「就盼我們這趟行程，一舉功成，讓我外孫女能回到原本的世界，結婚生子。她不是日落圈子裡的人，她以前想當偵探呢！過去我覺得女孩子家當個偵探多危險呀，想讓她繼承我那小花鋪。現在我明白了，顧著我那古怪花鋪，比當偵探危險太多啦……」

摩魔火和張意循著孫大海的視線望向青蘋，只見青蘋抱著她那盆自妖車車頂移下的黃金葛，捲動大批竹枝，運送到各處；夜路則單手托著筆電，一面打字、一面陪著青蘋四處運送竹子。

「老大，那現在……」張意捏著手指，數了數，說：「盧奕翰——如果他沒問題的話，再加上小狐魔情侶、種草人孫大海，就是四個人了……你剛剛說，我們還需要……」

「需要一個結界師。」安娜蓋上引擎蓋，伸手拍了拍。

妖車自引擎蓋探出頭來，還舉起雙手，驚喜地說：「哎呀，我感覺身子更靈活自在了，安娜姊妳好厲害呀！」

「你們的張意是結界天才，但他經驗不足；伊恩老大無所不能，但有時得閉起眼睛休息；小狐魔也懂結界，但她有時不可理喻；夜天使長門的力氣，保留下來戰鬥更佳——你們顯然需要一個專業的結界術士隨行。」安娜拍了拍妖車那金屬腦袋，對張意說：「我早上跟何孟超談好了，這趟行程，我陪你們去。順利的話，做完這一筆生意，我或許就可以退休了。」

「我說大姊……」摩魔火攀在陽台欄杆上，對底下的安娜說：「我們是去拚命，我們是支敢死隊，不是去談生意的……」

「我視錢如命，談生意對我來說，就是在拚命。」安娜呵呵笑著說。「擊敗了黑摩組，我賺的錢才有地方花。」

「好吧。」摩魔火說：「敢死隊就是要視死如歸，妳願意陪我們拚命，我舉八腳歡迎。」

「安娜姊，加我一個吧。」郭曉春遠遠地走來，將一袋隨身行李放進妖車車廂。

阿滿師跟在郭曉春身後，肅穆的神情中，流露著濃濃的不安，他撫了撫額說：「俺曉春說，你們進了黑夢，他們必定會派出所有的王家傘師，用全部的王家傘來打你們，王家各房的傘，加起來是俺地窖裡的好幾倍……王家那一大群傘師雖然不成才，但他們那麼多傘，裡頭總有幾把厲害的……」

「所以，你們需要一名傘師。」郭曉春這麼說。

「阿滿師，你能放心讓你這孫女兒進黑夢？」安娜問。

「……」阿滿師吸了口氣，望了郭曉春一眼，嘆了口氣說：「俺當然不放心呀，但她已經決定了，她現在不是小女孩了，她是俺郭家傘的繼承人——俺郭家百年來，煉了千把傘藏在地窖裡，可不是像松鼠仔不停往樹洞裡囤果子而已，而是爲了除惡懲奸吶……她拿俺郭家傘出征打惡人，俺拿什麼理由阻止呀？」阿滿師說到這裡，轉頭看看左右，見其他異能者和協會成員都離得遠，這才又長長嘆了口氣，繼續說：「況且，俺聽說畫之光頭目會隨著你們同行，現在天底下，大概只有畫之光頭目能和那安迪一較高下了，俺曉春跟在他身邊，或許比跟著俺更安全，昨晚……」

眾人明白阿滿師的意思，昨晚若無伊恩識破安迪刻意示弱誘敵，那領了阿滿師號令出戰的郭曉春，或許已被王寶年捆上一身鐵鍊擄走了。

「這倒是，只不過……」孫大海蹲在車頂聽阿滿師那麼說，不禁微微發愣，像是在猶豫自個兒隨伊恩同行，卻將青蘋留在這兒是否恰當。然而他儘管知道伊恩的厲害，但更清楚黑夢險惡，再加上郭曉春好歹懂得操傘，手握一批剽悍傘魔，青蘋踏進這日落圈子卻僅數個月，對異能者之間的生死戰鬥，仍是個大外行。

「不論如何，你們都要做好心理準備，接下來的變化，會是一場賭注。」伊恩緩緩開口：「可能很好，也可能很壞……」

「我如果北上，安迪肯定不會坐視。」伊恩繼續說：「或許他沒把紳士淑女和清原長老放在眼裡，所以沒有親自守衛黑夢核心；但現在我們有個能夠影響黑夢的張意，再加上我，除非他完全相信艾莫有本事抵擋我，否則一定親自來會我。但即便如此，他們依舊不會輕易放過這個地方，我一走，他們或許立刻就會全力攻打這裡，甚至動用黑夢，但只要你們將抵禦黑夢的陣法造得牢靠，有何孟超和魏云醫生坐鎮指揮，這裡幾百人再加上阿滿師的傘魔，應該可以支撐很長一段時間。」

「我會盡量在這段時間內摧毀黑夢。」伊恩這麼說時，獨眼閃閃發光。「結束這場惡夢。」

「我和何孟超、魏云、穆婆婆，還有幾名厲害的異能者前輩討論過那老鬼的針陣——做了些修正跟加強。」安娜接著說：「這兩天裡，我們會打造出一個固若金湯的結界，不論是蝕天蟲，還是那些蚊子，都進不來。」

「阿公……」郭曉春轉頭拍了拍阿滿師的胳臂，說：「我會平安回來，不會令你失望。」

「……」阿滿師點點頭，依舊滿面愁容，突然啊了一聲，像是想到什麼，拉著郭曉春往三合院裡走，一面說：「昨晚老鬼的鐵鍊好厲害，悟空和文生傷得不輕，妳那護身傘得增加些後援……」

郭曉春聽阿滿師這麼說，便跟著阿滿師往三合院地窖走，探視昨晚被王寶年黑鍊穿體的傘魔悟空和文生——當時若無七魂即時切斷鐵鍊，郭曉春那十二護身傘，就要少去兩柄了。

□

兩日，一下子過去了。

在何孟超、穆婆婆、安娜等結界高手與伊恩共同腦力激盪下，指揮著數百名協會成員和異能者同心協力，使得這三合院周遭結界工事，比預期中更快完成。

兩日深夜，黑摩組都發動了一定規模的攻勢，敵人都是來自外地的四指殺手團，以及和第一晚差不多的屍兵鬼陣。

令三合院裡的守軍橫眉切齒、怒火衝心的，是那些後兩晚攻來的屍兵，竟都是外地四指屍王鬼王們趁著白日在四周隨意擄獲的周遭市民。

憤怒的守軍們，成功擋下了兩晚攻勢。

□

第三日清晨到來時，妖車已經發動引擎，蓄勢待發地停在外埕空地旁的道路上。

徵得何孟超同意的盧奕翰，坐進那沒有方向盤也沒有排擋駕駛座裡，盯著面目全非的儀表板，一下子像是不知該將手放在哪兒。

「奕翰主人，你放心，開車讓我來就行了。」妖車那金屬上半身探在引擎蓋外，雙手拿著兩支筍子，津津有味地嚼著。

郭曉春和阿毛提著兩大箱傘上車——她除了原本那套護身傘外，還帶著一批阿滿師從地窖千把囚魂傘中，精挑細選出來的「備用」傘，以防不時之需。

她坐在長椅上，從傘箱中取出兩把貼有黃色符條的紙傘，細心檢視、輕輕拍撫，那是第一晚大戰被鐵鍊刺穿身子的悟空傘和文生傘。

安娜坐在郭曉春對面，拿著手機計算著這趟行程裡大小細項全部完成和個別完成後的酬勞差距。

由於是背水一戰，何孟超對安娜提出的各種細項的價碼倒也應允得大方——這筆帳自然是由海外協會總部買單。何孟超拍著胸脯對安娜打包票，聲稱倘若到時候總部不認帳，他就要辭去台北分部主管，像伊恩一樣自立門戶了。

「這裡是我的專屬座位。」硯天希和夏又離來到妖車加蓋車廂上方露台，由於古井大樹被移入了三合院後方化胎土堆旁，因此孫大海令那百寶樹長得高壯結實，取代了原本的古井大樹，成為那露台的遮蔭樹。

此時百寶樹那茂密枝葉間僅結著三枚果子，那三枚果子有頭有身，也有短短的四肢，這是孫大海替伊恩量身打造的「人身果」，讓伊恩在必要時，能夠用接近過去的肉體持刀作戰。

登上露台的硯天希，似乎並不滿意四周簡陋模樣，使出了墨繪術裡的「黑藤咒」，在四周結出像是童話馬車般的圍欄和頂棚，還用了「花樹咒」在黑藤上纏上一條條細枝，開出朵朵鮮花，又造出椅子，這才滿意地與夏又離並肩坐在自己的專屬大椅子裡，卿卿我我起來。

張意和長門則攀進那第二層那加蓋車廂，坐在其中一側，另一側則堆著一些符罐子，那是孫大海這兩天準備好用來替百寶樹施肥的「藥肥料」。

但到了約定時間，仍不見孫大海現身。

青蘋倒是捧著她那盆黃金葛、揹著行囊，來到妖車旁。

夜路則抱著筆記型電腦，繞向副駕駛座。

「青蘋？怎麼是妳？」盧奕翰瞪大眼睛，回頭望著踩上鐵梯，往加蓋車廂攀去的青蘋，急急地問：「老孫呢？」

「他正在睡覺呢，大概會一直睡到晚上，我替他去吧。」青蘋挑了挑眉，也沒多說什麼，揹著黃金葛鑽進加蓋車廂，來到原本分配給孫大海的座位，與張意和長門大眼對著小眼。

「啊！怎麼是妳！」摩魔火駭然大驚。「孫大海不來，誰來替老大養人身果？」

「就是我啊。」青蘋豎起拇指指了指胸口，說：「人身果的培養方法，跟其他神草大同小異，我陪外公種花種了這麼多年，一看就懂啦。」她這麼說時，還從口袋裡掏出一本小本子揚了揚，那是這兩天孫大海寫下的人身果培養手記。

「什麼，這可不行！」摩魔火嚷嚷叫著。「我去叫醒他！」

「蜘蛛兄，你應該叫不醒老孫啦。」英武飛進加蓋車廂，落在青蘋肩上，說：「青蘋向魏醫生拿了安眠藥，摻進老孫的早餐裡，騙他吃了……」

「什麼！」安娜在底下聽了二樓說話聲，驚訝大叫：「那些藥是我請魏云準備給小狐魔的，你們怎麼拿去給孫大海吃，我怕她又……」

「什麼！」三樓的硯天希聽見一樓安娜說話，氣得大罵：「替我準備安眠藥幹啥？我每天都睡得很好！長髮安娜，我警告妳少打我主意——」

「是是是，我說錯話了，眞對不起……」安娜連忙陪笑道歉。「我怕大家路上身體不適，請魏醫生替我們準備了一些藥。藥的內容是她準備的，等我們平安回來，我再替妳向她興師問罪！」

「沒辦法呀……」夜路攤著手對盧奕翰說：「大海爺昨晚睡得挺飽，一般的安眠藥或許弄不倒他老人家……」他見盧奕翰一臉不可置信，便指了指頭頂，說：「青蘋堅持要跟你們去，她怕大海爺的體力跟不上我們這些年輕人，說什麼也不讓大海爺再進黑夢。」

「那你也跟來幹嘛？」盧奕翰知道青蘋倔強性格，莫可奈何。知道她不想讓年邁的外公再次犯險深入黑夢，便仿造他與夜路的手法弄昏了孫大海，自個兒代替外公參戰。

盧奕翰瞪著夜路說：「我負責沿途跟協會保持聯絡、安娜負責結界、曉春負責對付王家傘師、青蘋負責養人身果，你呢？你負責什麼？」

「我負責照顧青蘋啊，順便……搭你們這便車跑路。」夜路取出手機，上頭顯示著一封信件。

那是出版社寄來的電子郵件，上面的截稿日期就在數天之後。

「都什麼時候了你還搞這套！」盧奕翰瞪大眼睛，不解地問：「他們到底藏在哪裡印書啊？整個北部不都在黑夢裡了嗎？」

「錯啦！印書是更之後的事，編輯部收到了稿子，還要校稿、排版、設計好封面之後才能送印啊。」夜路攤了攤手。「現在他們應該早已轉移陣地，在不爲人知的地方運作吧——我告訴你，你別小看我們這些搞小說的，我們的文學志業，豈會被黑摩組這小雜碎阻擾呢！就算彗星炸裂地球，我們也不會停下來！」

「那你乖乖待在這裡寫就好啦！」盧奕翰哼哼地說。

「時間來不及啦，到時候他們又要派追兵來催我稿，多煩吶！讓我躲進黑夢裡，那傢伙鼻子再靈，也找不到我啦。」夜路嘿嘿笑著，跟著拍了拍盧奕翰的肩，說：「而且，青蘋既然要來，我怎麼能缺席，你以爲我會讓你和她朝夕相處嗎？」

「媽的……」盧奕翰翻了個白眼，氣憤地說：「這才是眞話吧！想跟就跟，何必囉嗦一大堆廢話！」

「媽的！」一個男人說話聲從副駕駛座旁發出。

一隻手伸入副駕駛座，一把將夜路拉下了車。

「啊！」盧奕翰愕然看著那將夜路拽下車、自個兒擠上副駕駛座的男人，竟是一開始他們堅壁清野時，被他們撤離了刺青店結界的刺青師小蟲。

「小蟲哥，是你啊！」夜路怪叫。「你也在這兒？這兩天怎麼不來找我？」

「操……」小蟲氣呼呼地搥了夜路胸口一拳，又在盧奕翰肩上搥了一拳，瞪著夜路說：「我人早就在中部封鎖線了，你們不來拜碼頭，要我去找你？我找你幹啥？我跟你很熟嗎？」

小蟲當時撤往中部，與各地異能者一同待在清泉崗那外圍異能者宿舍區域裡。由於他生性孤僻，與其他異能者沒有太大交集，平日便自個兒一人悶著練拳，也未隨著眾人起鬨去探望穆婆婆，因此一直不知道盧奕翰等人也到了清泉崗。

小蟲隨著眾人撤到這郭家傘莊，依舊獨來獨往，直到聽見有人提及這兒有支人馬準備反攻黑夢，這才跑去找了幾個協會成員打探消息，一路問到了何孟超那兒，才將情況問了個一清二楚。

「聽說陳碇夫也現身了。」小蟲問：「他是來救兄弟的嗎？」

「救兄弟、宰四指、替妻小報仇，並不衝突啊……」夜路繞到妖車車廂裡，擠到了駕駛座後方，說：「小蟲哥，實不相瞞，我和奕翰之前見過賀主管的樣子，他……」

「何孟超跟我說了……」小蟲揚了揚手，阻止夜路繼續說。「我拳頭練得差不多，應該幫得上忙了。」

「你也要幫忙？」夜路突然說：「這輛車上，每個人都有專屬的職務——奕翰是司機兼協會輔導員、安娜是結界師、曉春是傘師、青蘋是種草人、樓上的張意身懷抵抗黑夢的神奇力量，天希娘娘和長門小姐是這支突擊隊裡兩把利刃，又離是長在天希身上的一塊小心肝兒，割不掉，只好帶著一起走。至於我，作家夜路，作爲這支突擊隊的大腦，負責運籌帷幄，以及保護我們的種草人——所以，小蟲哥你的職務是啥？你負責什麼？」

「你大腦是吧。」小蟲哼哼地說：「那我負責當頭痛藥，專門醫你這顆大腦好了。」

小蟲邊說，邊從駕駛座和副駕駛座間跨擠進後車廂，一把揪起夜路領子。

「等等、等等！」夜路連忙說：「我頭不痛啊，不需要頭痛藥！」

「那就對啦，我這帖藥，他媽的專治頭不痛！」小蟲大力拍著夜路腦袋，還將他身子提起，把他整個人從兩椅間又塞回副駕駛座，還將他的筆記型電腦扔還給他。

「小蟲哥，我敬你是前輩，你再動手動腳，我只好被迫還手啦。」夜路氣呼呼地喊出鬆獅魔，擺在兩椅之間，對小蟲說：「你剛剛把我趕進車廂，見到後車廂還有其他女人，才又跟我交換位置對吧？」

「讓讓。」安娜拍了拍小蟲肩膀，遞了條肉乾讓鬆獅魔叼去，抓抓鬆獅魔的腦袋，說：「乖乖，先休息，我沒叫你別出來。有我在，你就別聽夜路指揮。」

「汪。」鬆獅魔應了一聲，叼著肉乾縮回夜路掌裡，任夜路怎麼喊，也不出來了。

「現在你想怎麼治，就怎麼治，不用顧慮大家眼光。」安娜對小蟲揚了揚眉。

「聽到沒有、聽到沒有！」小蟲探手到前座在夜路頭上拍了好幾下，將他拍得哇哇大叫，這才望著盧奕翰說：「你們還在等誰？」

「呃……」盧奕翰呆了呆，暗自算了算成員名單，說：「都到齊了。」

「都到齊，那就開車啊！」小蟲瞪大眼睛。

「好。」盧奕翰本能地要去發動引擎，但見方向盤都沒了，這才想起這妖車已經能夠自動駕駛。

妖車此時面朝車內，用兩隻手掌托著下巴，像是在打瞌睡，經盧奕翰連喊幾聲，這才驚醒，興奮地轉向前方。

「主人們，出發囉——」妖車興奮地喊著，發動這三層怪車，緩緩往山下駛去。

「等等、等等！還有我——」小八的聲音從後頭追上，他提著一個袋子，奮力飛來，衝入車廂裡，嘎嘎抗議叫著：「爲什麼不等我？婆婆派我來保護青蘋，婆婆還替你們做了些點心，讓你們路上吃，還有一些護身符要你們帶著……」

夜路揭開那布袋，只見裡頭果然有兩串手工小粽，和十餘個穿著棉線的符籙包裹。

小粽上還擺著一張紙條，上頭是穆婆婆寫的親筆字——

老太婆老了，沒力氣陪著年輕人東奔西跑，只能和那大樹、和你們爺爺外公守著最後一塊地，盡量拖著那些惡人腳步。盼小毛頭們一路平安、功成歸來。

08鬼殺陣

「這裡這些也全是空的……」盧奕翰伸手按著眼前那巨大石箱，露出不可置信的神情。

除了他眼前這座石箱之外，周圍法陣內外堆放的上百座石箱，以及整座清泉崗機場內外田地上每一處「發電廠」石箱堆裡頭的人工魄質，全部一滴不剩。

此時清泉崗機場裡外沒有任何一個人，沒有四指成員、沒有妖魔鬼怪、也沒有黑夢的殘餘痕跡和半點氣息——

和數十分鐘前，他們在台中港見到的情形一模一樣。

靈能者協會所屬的艦艇、人員，以及大量載運著魄質石箱的貨輪，以及從各地聚集而來的四指殺手們，全部消失無蹤。

「他們知道瞞騙不了太久，所以乾脆先撤了……」夜路攤了攤手。「這次換他們堅壁清野了。」

數天前清泉崗機場一戰，安迪等人若完美功成，可能夠一口氣掌握中部封鎖線兩大據點及所有人員，進而透過秦老、何孟超等人瞞騙海外協會總部，一來撤走援軍，二來還能持續騙取物資和人工魄質入港。但在最後關頭，張意使用黑夢力量逼退了黑摩組三人，讓何孟超、魏云在內的清泉崗守軍和異能者們，成功撤到阿滿師傘莊。

當時魏云與何孟超將台中港和清泉崗的異變，向海外協會層層通報上去；即便當下協會海外部門一時難以查明眞相，但只要調查人員前來，安迪等人自然無法再以秦老等被黑夢控制的協會高層作爲掩飾。

「難道前幾天那些攻勢只是幌子？」盧奕翰回頭望了望夜路和安娜。「目的是讓我們沒辦法反攻台中港？」

「或許吧……畢竟他們沒有成功控制何孟超和魏云，事跡敗漏，他們在不敢輕易動用黑夢的情況下，守著台中港也佔不到便宜，甚至有可能被協會援軍和我們聯合夾擊，所以乾脆退回黑夢核心，以逸待勞。」安娜聳聳肩。「但其實那幾天我們就算想反攻，也根本湊不出人手啦……」

「那現在，我們是繼續北上，還是……」盧奕翰望向妖車旁的張意，見他不知所措，便望定了他懷中七魂上的伊恩斷手。

「晝之光的援軍，預計下午三點開入蘇澳港。」伊恩說：「如果紳士那路有人留守在穆婆婆那結界的話，或許能收到我們派去的蜻蜓。我要他們去接應援軍，我們現在趕去與他們會合，再北上攻進黑夢。」

「蘇澳？」夜路想了想，說：「那我們不如沿著中橫走，看看整條封鎖線的情況。雖然前幾天完全沒辦法連絡上封鎖線裡任何一個據點……但如果他們沒事的話，人員跟物資加起來倒是不無小補。」

「整條封鎖線所有據點，加起來大約有多少人？」伊恩這麼問。

盧奕翰來到妖車旁，回答：「整條封鎖線除了台中港、清泉崗之外，還有六個大型據點跟十幾個小據點；裡面能夠作戰的除魔師其實不多，但加上所有後勤人員，應該也有上百人，我們就算不帶他們走，也能要他們南下支援阿滿師……」

「好……」伊恩這麼說，突然閉上眼睛，然後再睜開。「嗯！東邊有敵人。」

「東邊？」盧奕翰、安娜、夜路等人聽伊恩這麼說，都是一驚，紛紛繞過妖車，往東側田野望去，什麼也瞧不見。

「東南、西南邊……好幾個地方都有動靜。」伊恩眼睛閃爍起陣陣藍光。

「什麼？」盧奕翰不解地東張西望，他屏住了氣息，仔細感應，卻依舊什麼也察覺不出來。

夜路喚出了有財細碎討論，也討論不出結果；安娜皺著眉頭仔細觀望，同樣察覺不出異狀。

妖車加蓋車廂上方，硯天希撤去了頂棚，直直站在露台邊際，扶著百寶樹樹身向某個方向眺望，跟著她翻了翻掌，出墨畫咒，招出了墨繪飛羽——那是一對碩大翅膀，兩張大翅間有一截猶如握柄般的骨架。

她一手抓著飛羽，一手拉著夏又離高高飛起，四顧望了望，陡然尖叫：「是鬼殺陣！他們在四周布置了鬼殺陣！」

「鬼殺陣？」盧奕翰和夜路等人，聽了硯天希那一喊，紛紛駭然大驚，全望向伊恩。

「我們得……得……」盧奕翰瞪大眼睛，一時卻不知該如何才好。

張意見眾人驚慌模樣，便低聲問：「師兄……那個鬼殺陣……有那麼厲害？」

「厲害倒不致於，但處理起來很麻煩……」摩魔火說：「鬼殺陣是四指一種大規模殺戮邪法，從鬼殺陣跑出的惡鬼，不分敵我、見人就咬，黑摩組將鬼殺陣安置在人潮密集的市鎮裡，分明是將矛頭對準居民。」

「什麼！」本來窩在加蓋車廂裡整備百寶樹肥料的青蘋，聽見車外眾人討論，急急地探頭出來說：「大家還等什麼，快上車呀！」

眾人聽青蘋呼喚，這才急急上車，還沒坐穩，便從窗外見到一束束紅光，自豐原、東勢和台中市區的方向映上半空。

巨大的凶氣撲天蓋地地瀰漫開來。

「啊……這就是鬼殺陣！」青蘋驚慌地攀著長梯來到妖車車廂，急急地問：「鬼殺陣會害死多少人？」

「這幾個鬼殺陣的規模加起來……」盧奕翰深深吸了口氣，捏緊了拳頭。「或許可以殺光整個城市的人……」

夜路、郭曉春等人聽盧奕翰這麼說，身子讓那凶暴鬼殺陣的氣息激起一身雞皮疙瘩——鬼殺陣裡的惡鬼並不特別強悍，但為數眾多，猶如一支瘋暴殺戮軍隊，若是置之不管，便會持續殺戮至四周再無活物可殺為止。

先前幾次大戰，黑摩組為使黑夢獲得生人精魄作為食糧，即便驅使鬼群禁軍，也會約束鬼群、避免濫殺，因此眾人可沒料到，黑摩組會在這時將目標轉向無辜市民身上。

「那……」青蘋急急地說：「那我們趕快去阻止鬼殺陣呀！」

「他們故意要我們耗費心力對付鬼殺陣。」安娜長長吁了口氣。

「沒錯，他們想讓老大耗盡體力、閉上眼睛。」摩魔火同意安娜的看法，說：「我們救不了這些人，得快點去與晝之光援軍會合……」

「那怎麼行！」青蘋瞪大眼睛說：「難道我們就這麼看著一整個城市的人白白犧牲？」

「沒辦法呀！」摩魔火說：「鬼殺陣的惡鬼放出來後四處亂竄，範圍這麼大，我們就這幾個人，沒辦法追著每隻鬼跑呀！要救更多人，就得盡快攻入黑夢核心，殺了安迪呀……」

「不如……」郭曉春突然開口。「不如我留下，你們先走，我再去和你們會合……」

「什麼，不行！」安娜連連搖頭。「這幾個鬼殺陣裡的鬼加起來，我看要破萬了。那些鬼當然不是妳的傘魔的對手，但他們會四處亂跑，妳一個人根本攔不下這些鬼殺陣。」

「我有辦法，開車。按照原訂路線前進。」伊恩眼睛陡然睜開，藍光閃耀，喚來摩魔火吐出蛛絲捆著斷手，將伊恩連刀帶手地往加蓋車廂車頂攀去。

「妖車，出發。」安娜指示妖車駛動，青蘋和郭曉春似乎還有意見，但只聽車頂上方傳出一陣笑聲，那是硯天希的笑聲，跟著便見到一個大影陡然往南側竄去——正是抓著飛羽的硯天希和夏又離。

摩魔火便以蛛絲纏著七魂和伊恩斷手，揪著硯天希那大狐狸尾巴盪在天空。

「畫之光的大頭目，你眼光不錯！」硯天希哈哈大笑，回頭說：「知道這怪車上只有我才對付得了那鬼殺陣——其實我以前就見識過鬼殺陣！」

「是呀。」伊恩說：「百年狐魔硯天希的力量，十個鬼殺陣也不放在眼裡，但是——我們得令那些鬼集中起來，否則上萬隻惡鬼跑來跑去，我們可沒時間追著每隻鬼打。」

「怎麼讓他們集中？」硯天希和夏又離互望一眼。

「我需要在幾分鐘裡，飛過每一處鬼殺陣。」伊恩這麼說：「七魂裡的明燈雖然也懂得飛空法術，但他正忙著施法畫符，且他的飛空法術飛不快，只有妳才能飛得這麼快，和鷹一樣快。」

「和鷹一樣快？你小看我了。」硯天希一手抓著飛羽握柄，一手拉著夏又離，哼哼一聲抖高尾巴出墨畫咒，接連畫出五、六個飛羽，跟著再畫了一道黑藤咒，倏地捲住所有飛羽，一齊振翅疾飛。「我比鷹更快！」

「哇——」夏又離與硯天希相連，只感到體內魄質湧動，是硯天希催動了全力指揮飛羽加速振翅。

使他們在數十秒內，便竄入台中市區一條大道上空。

大道路面寫著一個個碩大的鮮紅符籙文字，紅色的符陣閃耀著血色凶光，伸出一條條鬼胳臂、踏出一條條鬼腿，鑽出一隻隻窮凶惡鬼。

那些惡鬼一出鬼殺陣，便引頸發出聲聲惡吼，轉頭四顧找尋活人。

此時台中市區經過政府軍警單位連日宣導，大多數市民都做好了遭逢離奇攻擊的心理準備，他們本來以為先前那批奇異怪人們，擊斃了一些軍警部隊和市民組織的巡防隊，在幾條路上畫下了這些洗不去的詭異符印，便已經算是完成了「離奇攻擊」；但人人都沒想到，這些符印裡還會竄出大批猛鬼，才是這離奇攻擊的致命一擊。

公寓樓房裡的市民們紛紛發出絕望的驚叫聲。

硯天希和夏又離的身影，飛梭竄過那條寫滿了鬼殺陣符籙的大道。

「明燈老師，拜託你啦！」摩魔火高呼一聲，甩動蛛絲，將七魂連同伊恩斷手放風箏般高高拋起。

七魂黃光閃動，竄出兩隻枯朽老手，灑開漫天黃符。

那些黃符在空中變成了一個個赤身裸體的光影孩童，那些閃耀的光孩兒像是飄浮在空中的雲朵般，輕盈地踩在風中嬉戲、放聲大笑。

「吼——」更爲耀眼的紅光自鬼殺陣亮起，千百隻鬼像是破山岩漿般，自地面裂縫湧出，張大了爪子撲抓往他們頭頂墜落的黃符孩童們。

「嘻嘻、嘻嘻！」黃符孩童還沒落地，只是弓身一蹦，便又竄得好高，紛紛追著前方飛遠的硯天希和夏又離。

大批凶猛惡鬼們紛紛飛身蹦起，揪著一個個黃符孩童，扯得四分五裂，一塊塊往嘴裡塞，發出興奮的嚎叫。

但那些嘴裡塞滿了黃符孩童的惡鬼們，不但沒有滿足，反而更餓，更加瘋狂地去爭搶其他黃符孩童。

四周紅光裡流溢著絲絲縷縷的鵝黃色流光，那些黃光自那些黃符孩童身上溢出、自被扯得四分五裂的斷肢溢出，像是美食漫畫裡的特效香氣般往惡鬼的口鼻裡鑽，誘得他們像是餓壞了的犬群般追逐著其餘黃符孩童。

數分鐘裡，硯天希拉著夏又離，在台中市區上空飛過數條大道，穿過三處鬼殺陣，讓七魂明燈放出數批黃符孩童，將鬼殺陣九成以上的惡鬼，引往豐原的方向。

「哇！這就是鬼殺陣！」

妖車駛入豐原，車內眾人見到大道上紅光閃耀，伸出一條條胳臂、爬出一隻隻惡鬼，可都繃緊了神經，全心備戰。

「鬆獅魔，開砲——」夜路將手伸出窗，不停令鬆獅魔吼出震波，轟開一隻隻自前方竄起的惡鬼。

但他轟倒一片，四周又掀起三、四片惡鬼潮，一隻隻惡鬼伸手去抓妖車車身，嚇得妖車哇哇大叫起來：「撞死人啦，救命啊！啊，那些是人嗎？怎麼從地底爬出來呀！」

「那些不是人，是鬼殺陣惡鬼！」安娜拍著車廂，安撫著妖車。「還記得我教你的幾種保險桿嗎？變出來，撞翻他們！」

「保……保險桿？」妖車腦袋探在引擎蓋外，雙手摀著臉，哆嗦著從金屬手指間隙往外看；他聽安娜提醒，趕忙將保險桿往前變化生長，竄長成一支支巨大而古怪的犄角，轟隆隆撞倒一隻隻迎來的惡鬼。

「他們回來了！」眾人見到硯天希和夏又離揪著大群飛羽，自後方一棟樓房背後竄出，底下跟著一群閃耀黃光的赤裸小童，小童們有些放聲尖笑、有些嚎啕大哭，死命跟著天上的硯天希和夏又離飛奔。

跟著衝出那樓房轉角，往這條直道洶湧撲來的，是自那數個鬼殺陣竄出的大批惡鬼群。

惡鬼們高高堆疊著，彷彿變成了一個整體；踩在其他惡鬼身上攀到了高處的惡鬼們，奮力伸長了胳臂扒抓那些黃符孩童；被踩在底下的惡鬼們，則踏著一陣一陣如同紅色波浪的鬼殺陣凶光，追逐著前頭在地上奔跑的黃符孩童們。

硯天希一鼓作氣驅使飛羽竄到了妖車加蓋車廂上方，收去墨繪咒術，和夏又離一同落在加蓋車廂頂部露台，看著後方大道上那長長鬼海，彷如看著一場鼎盛的馬拉松路跑。

「畫之光大頭目，你這法術太有趣了！」硯天希笑著說：「那些黃孩子眞這麼香？香到讓那些惡鬼像是上了癮一樣呀……」她這麼說的時候，提起一個剛剛降落時順手抓到的黃符孩童，張口要咬那孩童胳臂。

「哇！妳幹嘛呀！」夏又離連忙伸手攔阻，急急地說：「妳怎能咬小孩？」

「屁個小孩，這是符變出的幻術，又不是眞的……」硯天希推開夏又離，眞往那黃符小童胳臂咬下，但剛咬著那小童軟嫩胳臂，只覺得口齒間的感覺與眞人體膚肌肉一模一樣，嚇得立時鬆口，駭然尖叫：「這是眞的小孩？」

「當然是假的。」伊恩哈哈大笑，獨目閃閃發光。「但吃起來和眞人一樣，且比眞人更香十倍。」

「我一點也不覺得香。」硯天希見那黃符小童朝著她做起鬼臉，便揪著他嗅了嗅，將他扔下車去。「臭死了，跟眞小孩一樣臭。」

「這是明燈老師的『擬人符』，符上還附著幾種引鬼術！」摩魔火說：「在那些惡鬼眼中，簡直就是珍饈美味、上等佳餚，將他們全引了過來。」

「好樣的，現在集中在一起啦……」硯天希哼哼地站起身來，扭頭揚臂，像是做起暖身動作一般。

「好樣的，伊恩竟能將鬼殺陣的鬼集中在一塊兒，這下省事了！大家準備，各就各位！」安娜高聲下令。

妖車加速往前，一路衝出這條大街鬼殺陣範圍，卯足全速拉開與後方惡鬼的距離之後，再陡然甩尾掉頭，讓車頭朝向凶猛追來的惡鬼大軍。

大道上，一隻隻自鬼殺陣竄出的惡鬼，立時就加入了那長長的凶猛鬼陣中，拚命追咬著黃符小童們的屁股。

掉了頭的妖車，在安娜指示下，將本來尖銳碩大如凶器犄角的「保險桿」，攤平成一片約莫有單人床大小的金屬小台。

站上那平台的，是組好護身傘的郭曉春。

十三把傘紛紛張開，彩光像是上下顛倒的火花般四面洩下，一隻隻傘魔落下，在妖車前頭排成一列——

與先前那護身傘陣容略有不同的地方，是那負傷的文生和悟空，以及毒蛇傘和豬仔傘都未出戰，取而代之的四把傘，躍出四個穿著戲服，各自持著關刀、長槍、長斧和雙鎚，且同樣一身戲服的花臉將軍。

傘魔們一聽郭曉春下令，立時變化陣勢。四名花臉將軍分別躍上熊虎牛馬後背，騎著熊虎牛馬向前衝鋒；樹人將身子化成古代戰車，後端還伸出枯藤，捲上妖車，與那金屬平台相連，增加郭曉春的駐足空間。

「妖車，跟著曉春往前衝！」安娜在車中下令。

「哇，我看不見呀……」妖車的視線被站在車前平台的郭曉春遮住了大半，但仍照著安娜指令往前駛動，越開越快。

前頭騎在熊虎牛馬背上那四名花臉將軍，紛紛舉起了大刀大槍，準備迎擊前方惡鬼大軍。

一對身影竄過他們頭頂上方——

硯天希騎在夏又離肩上，左手抓著飛羽，右手飛快畫咒。

兩人竄到那鬼群前方上空，硯天希翻掌灑開一群火鷹，夏又離則將畫好的兩道墨繪破山咒拍在雙腿上。

硯天希收去了飛羽、騎著夏又離，與四周喚出的墨繪火鷹，如同一群火流星雨般砸進鬼海大陣裡。

轟隆隆爆炸四起，鬼陣前端掀開一片火海。

夏又離自火海中站起，他的雙腿附上了破山咒，暴長拔高了一公尺有餘，騎在他肩上的硯天希則化出了破山大拳，且還在兩人背後，按上一具特大號的力骨。

遠遠看去，那身處鬼群中的硯天希和夏又離，便像是一個一層樓高的巨人般。

「哈哈，衝啊——」硯天希掄動破山大拳，指揮夏又離往前衝鋒——用這姿勢作戰，她便能夠騰出雙手揮拳或是畫咒，她那對破山大拳所及之處，惡鬼們不是飛彈炸遠，就是當場爆裂。

夏又離則托著硯天希夾在他頸子旁的雪白雙腿，卯足了勁往前奔衝，不時也騰出手來，畫咒召出鎮魄犬和凶爪黑猿或是爆炸兔子隨行。

他倆像是一把利刃，一刀劈進大道上那長長的鬼龍隊伍中，在那擁擠堆疊的惡鬼大軍陣上劈出一個碩大的缺口。

緊隨在後的衝鋒車大陣，則像是一杜衝城鎚，轟隆隆地撞入那惡鬼陣的缺口中。熊虎牛馬怒吼衝撞，花臉將軍掄著兵器亂斬，空中的白鶴化出巨大羽刃，一刀一刀往下劈斬，四周掀起長長的土龍，掩護四將軍衝鋒。

「空襲啦——」小八和英武興奮地衝出妖車，混入郭曉春鳳凰傘那批飛鳥隊伍中一齊俯衝，叼啄鬼群的腦袋眼睛，射出爆破羽毛，甚至是大便。

青蘋站在車頭上的小陽台，指揮著黃金葛飛梭竄長，將整輛妖車包裹得翠綠一片，將試圖從側面攀上車的鬼群紛紛炸成碎片。

長門攀上了加蓋車廂上那露台，撥出數條銀流，化爲長鞭，遠遠地往鬼群密集處鞭去，張意則從背包中掏出連日來準備的玻璃瓶罐，解開了結界封印往鬼群裡拋，瓶子裡的符術或是火毛炸開，威力不下於手榴彈。

盧奕翰守住了那沒有後門的後車廂，將追逐在後、不停撲來的惡鬼打下車去；夜路則在車廂兩側來來回回，撥開窗外的黃金葛，將鬆獅魔腦袋伸出窗開砲。

小蟲則從前座攀上郭曉春那指揮站台上，對著安娜和郭曉春咧嘴一笑，跟著擺出架勢，一副想要守護美人的模樣，但安娜甩動長髮，俐落鞭碎每一隻試圖逼近樹人戰車的惡鬼，令小蟲擺了大半天架勢卻無從發揮。

僅數分鐘，這衝鋒車陣便從上萬鬼群的最前端，衝出了鬼群最尾端。

「掉頭、掉頭！」硯天希騎著夏又離，與晚了半拍才衝出鬼群末端的妖車衝鋒車陣擦身而過，再次殺進陣中。

在安娜和郭曉春聯手指揮下，衝鋒陣陣勢轉了個彎，再次朝向鬼群尾端。

惡鬼們則紛紛轉向，尾端又變成了頭端——

伊恩在這衝鋒車衝鋒時，再次下令明燈放出引鬼術，將整個衝鋒陣勢點綴得像是一塊巨大的甜美蛋糕，持續吸引那些惡鬼的注目。

硯天希再次像枚炸彈般轟進了鬼群裡。

後頭的衝鋒車陣則是刻意放緩速度，甚至轉爲堅城守勢，緩緩推進；熊虎牛馬和花臉將軍守禦車身周圍，土龍在稍遠處鑽進鑽出，將惡鬼們掃攏成一堆堆，再讓白鶴落下大爪踩踏，或是讓長門的銀流刀刃和青蘋的黃金葛飛斬轟炸。

當這陣勢從這頭再次推回另一頭時，聚集在整條街上的鬼殺陣猛鬼群，已經只剩下原來的十分之一。

安娜並未令妖車第三度衝入鬼群，而是讓妖車維持著那些惡鬼能夠追上的速度，開始往中橫公路前進，殘餘的惡鬼群們，便也癡狂追著妖車和那些擬人符童們，一齊上了中橫。

09重入黑夢

妖車抵達蘇澳港時，已近日落時分。

那些鬼殺陣惡鬼初上中橫公路不久後，就被飛蹦亂打的硯天希和夏又離，加上長門、郭曉春等妖車守軍殲滅殆盡。

他們沿途經過的十幾處封鎖線據點，裡頭所有協會人員都不知去向，物資和符籙法器一樣也沒留下，甚至連通訊設備也遭到了破壞。

張意走出妖車，舉著七魂，對著海岸觀望好半晌，摩魔火在張意腦袋上左顧右盼，卻感應不出晝之光成員慣用的記號符術。

「還是打不通，怪了……」安娜和盧奕翰先後步出妖車，妖車上有一批從協會指揮車上拆下的通訊設備，讓眾人在途中能與晝之光那援軍聯繫。

三小時前，當他們還在中橫公路沿途探查那些封鎖線據點時，才與即將抵達蘇澳港的晝之光援軍聯繫過，但自此之後，便再也聯絡不上那批援軍。

在抵達蘇澳之前，伊恩等人甚至猜測這是由於蘇澳仍然籠罩在黑夢淺層地帶中，切斷了通訊訊號的緣故——但此時即便是青蘋和小八、英武都能夠察覺得出來，四周並無一丁點黑夢氣息。

四周居民驚慌騷動著，彷如大夢初醒般的他們，都不明白這段時間究竟發生了什麼事。

「老大，你之前是要他們在這邊等我們，還是要他們去那婆婆家？」摩魔火問。

「我放出蜻蜓，要結界裡的人來港口接應夥伴……」伊恩緩緩說：「如果結界沒人，無法接應，則我們的援軍應該在港口留下記號，然後獨自轉往穆婆婆結界裡待命，等我們去會合……」

「伊恩老大！」十數公尺外，伴著長門巡視港邊的神官高聲尖叫起來。

眾人趕去，只見長門佇在一柱路燈前，凝視著燈柱上某塊淡淡的焦痕。

那焦痕只有約手掌大小，且有抹拭痕跡，像是被火焚過後，又隨去擦去部分灰燼般。

張意照著伊恩指示，將七魂湊近燈柱那焦痕，讓伊恩伸指在那焦跡上一抹。

伊恩斷手獨目微微閉上，再睜開，眨了眨。

「這是我們的記號沒錯，施放之後，又被燒去。」伊恩說：「至於是誰燒的，我從灰燼裡的氣味倒是判斷不出來……總之，我們先去那古井結界看看有沒有人。」

十餘分鐘後，妖車駛入穆婆婆那雜貨店巷弄裡。

穆婆婆店面的鐵捲門依舊壞著，店外佇著幾名街坊鄰居，對著那破損鐵門指指點點，有些還朝著破損鐵門裡喊著穆婆婆。

一陣風颳來一陣符，貼上他們的額頭，令他們呆愣愣地站直了身子，紛紛轉身往自己家走——

那是伊恩在黑夢淺層範圍撤去的情況下，爲了避免與剛恢復心智的街坊鄰居們發生不必要的糾紛，而指示明燈放出的符，能令四周鄰居半夢半醒地回到家裡，沉沉再睡上幾小時。

妖車停在穆婆婆雜貨前，眾人遲遲沒有下車。

雜貨店鐵捲門那破損縫隙裡，溢散出一陣陣不尋常的氣息。

長門和安娜互視一眼，一個輕彈三味線、一個甩動長髮，一左一右將那鐵捲門掀起——

雜貨店裡桌櫃東倒西歪，一股股奇異凶氣自後方那通往結界中庭的廊道傳出。

「啊，那些人把我家弄得亂七八糟！」小八氣憤地鑽入店裡飛繞怪叫。「我要跟婆婆說！」

長門踏入雜貨店裡，首先一愣，像是察覺了什麼，連忙撥彈戒弦，神官立時翻譯：「長門小姐說她感應到式神的氣息，也有四指的氣息……」

「師弟，還愣著幹啥，快跟上！」摩魔火催促著張意跟進雜貨店裡，安娜回頭，對走近的郭曉春和盧奕翰等人示意止步，說：「你們在外頭看著車子，別讓人斷了後路。」

安娜說完，見盧奕翰、夜路、青蘋和郭曉春退回妖車，便轉身跟上張意。

小八飛在最前頭，也不理英武叫喚，一路從那長廊飛入中庭，陡然尖叫起來。

張意、長門和安娜，立時加快腳步，急奔到那中庭，只見中庭地板花圃血跡斑斑、屍橫遍野——全是四指成員。

和一些碎裂毀壞的奇異器具。

長門的身子微微顫抖起來。

那些器具，像是武器，又像是樂器。

「是天之籟！」摩魔火發出怒吼：「他們竟然也來了！」

「……」伊恩獨目望著那些屍骸，閃動著微微藍光，對長門說：「別激動，別失去妳的優點——冷靜。」

「……」長門聽了神官翻譯，也沒有撥弦回應，只是略微托高了三味線，令精神更加專注，像是隨時能夠全力戰鬥一般。

「哼！」小八氣憤怪叫著，鑽入一扇門。眾人緊跟在後，穿過廚房飯廳，沿路都見著零星的四指天之籟成員屍骸。

他們推開穆婆婆過去臥房，來到那古井庭院裡。

古井旁那座四指成員屍堆，疊得比古井高出大半截，幾乎成了座小丘，小丘旁是散落一地的大鼓、小鼓、鈸、簫、喇叭等怪模怪樣的樂器。

古井前，躺著一個幼齡女孩，女孩身邊伏著三隻巨大而古怪的「蟲」，那些蟲體態像是螳螂，但細看卻像是摺紙般，體型有水牛大小，軀體上破破爛爛，散溢著青煙。

「是……夕雪……」神官飛到那躺臥的女孩身邊，長門撲跪在地，顫抖地扶起那叫作夕雪的女孩。

張意走到了長門身後，只見那叫作夕雪的女孩，年紀才十來歲，腰際上有處巨大裂口，血像是已經流乾多時。而那三隻紙蟲，其中兩具像是已經死透，毫無反應，另外一具紙蟲，彷彿感應到有人逼近，陡然掙動，揚起巨大紙鐮要往長門勾去，但陡然停下動作，像是認出長門一般。

「……」伊恩斷手獨目望著長門懷中的夕雪，默然半晌，沉沉地開口：「好久不見啦，老友，但現在不是開玩笑的時候……」

張意和安娜聽伊恩那麼說，可都是一驚，左顧右盼半晌，卻什麼也沒見著，此時這小庭院裡古井中的大樹已經遷走，只剩一口枯井和屍堆和外圍一圈矮牆和稀疏小樹。

「哼哼……誰有心情……跟你開玩笑……」

一個老邁且嘶啞的粗獷說話聲，從那屍堆後頭傳出。

「嗯？」伊恩像是察覺出不對勁，立時指示張意走近那屍堆，繞到另一面，只見那屍堆側面倚躺一頭巨大的老虎。

那老虎黃身上一條條紅褐色虎紋，體型從腦袋到屁股，不計尾巴，竟將近四公尺長，可比現今世上最大的西伯利亞虎還大上一號。

「老……」張意瞪大眼睛，望著那頭紅紋巨虎，一個鮮明的印象從他腦海裡蹦出。

「老……老大，他是老金！」

「過去看看！」伊恩見到老金一副虛弱模樣，連忙催促張意走到老金身旁，只見老金身上有些小小的傷口，急忙問：「傷得怎樣？」

「傷是還好，就是挺累……」老金本來吐著舌頭、瞇著眼睛，見張意走近，同時聽見伊恩聲音，先是望了望張意，跟著再撐坐起身子，轉頭東張西望。「你躲哪說話呀？你不是說不開玩笑？」

「我沒跟你開玩笑……」伊恩嘆了口氣。

老金再次聽見伊恩聲音，轉頭又望向張意，視線在他身上繞了繞，終於見到了他提在手上的七魂，和七魂上的手，可嚇得發出好大一聲虎吼。

「你？你怎麼變成一隻手啦？」老金身子往前一蹦，撲到張意身前，兩隻巨爪倏地扒來，將七魂連同伊恩斷手搶來捧在爪上，駭然說：「是你？你是我認識的那個伊恩？」

「畫之光裡還有別的伊恩嗎？」伊恩說：「這裡怎麼回事？」

「你小子才怎麼回事？」老金虎吼一聲，用爪子翻著伊恩斷手，將鼻子湊近嗅了嗅。「啊，眞是伊恩的手呀，嗯？這眼睛，也是伊恩的眼睛……」

「喂……」摩魔火見老金將伊恩斷手當成了玩物般把玩，又是急迫又是氣憤，但礙於老金是日落圈子裡的大前輩，又是伊恩昔日老友，一時也不好發作，只是急急地說：「您別這樣，您……鬍子會扎到老大眼睛吶……」

「一步一步來……」伊恩斷手被老金嗅得五指亂抖，嘆著氣說：「先講近的事……這裡發生什麼事？夕雪怎麼了？」

「妳說那女娃？死啦。」老金聳聳肩，將伊恩斷手連同七魂拋還給張意，又窩回屍堆裡，懶懶地說：「你那些手下來見我，說你在這大島上陷入苦戰，要我隨他們渡海來幫你，誰知道你變成了一隻手……」老金說到這裡，打了個哈欠，又蹦坐起來，望著伊恩說：「你眞陷入苦戰呀？天底下能把你打成這個樣子的傢伙也不多啦。是誰？說來聽聽吧。」

「嗯，我交代過他們別去打擾你，你已經退休了……」伊恩無奈地眨了眨眼，繼續說：「不過還是先講清楚你渡海而來之後，到底發生了什麼事。」

「你問我發生什麼事？我還想問你吶！我們幾艘船二、三十個傢伙上了岸，沒人接應，就按照你的指示到來這地方等你。我們一進這結界，就碰上一批四指，我們宰光一半、押著一半，才拷問幾句，那些小光頭各個都像瘋了一樣，押著那些傢伙殺出去要救那老光頭，把我獨自留在這兒，只派個小娃陪我——誰知道這地方這麼大，裡頭藏著更多四指，那些小光頭前腳剛走，其他四指就全殺出來要宰我，他媽的！」老金氣憤地說：「他們幾十個打我們兩個，滿天都是鬼在飛、銅鑼大鼓響個不停，還好老子身手沒退步太多，只是耳朵快被震壞了……」

老金說到這裡，抖了抖耳朵，張意等人這才注意到他耳際虎毛上有些血跡，且鼻子還淌下幾道鮮血，老金立時甩出舌頭舔去那些鮮血。

「天之籟許多魔音咒法，一不留神就會穿透身體，專門對付你這種大老粗……」伊恩嘆著氣說：「聽你這樣講，清原長老的子弟兵們，在從四指口中問出清原長老的下落後，不顧我的指示，也要離去找他——這表示清原的處境或許不樂觀……」

伊恩沒有繼續說下去，摩魔火已經顫抖地燃起火毛，摩挲起那對大牙。

即便張意再怎麼後知後覺，也從老金的敘述中，大略猜出數日前帶領敢死隊攻入黑夢核心的清原長老和淑女，應當凶多吉少。

「那時候我們想趁著黑摩組五人進攻古井結界、黑夢核心無人守衛的時機發動突襲。」伊恩說：「但如果黑夢核心還有艾莫和麗塔坐鎮，那麼淑女一人應當沒辦法同時對付那兩人……」

這些時日伊恩等人猜想過無數次清原長老和紳士等人的處境，雖然心中早已做好了最壞的打算，但從老金口中得知了最新消息，仍受到不小打擊。

「伊恩老大。」安娜喊了一聲，指著屍堆旁的古井，說：「請你來看看，這井是不是已經空了？」

張意連忙提著七魂趕往安娜身旁，讓伊恩湊近井口，伊恩斷手伸指輕觸水井壁面，獨目閉起，好半晌才張開，說：「嗯，這井已經乾了……沒留下半點魄質……」

「是你們的人，還是黑夢？」安娜問。

「要抽乾這口井可不容易，連我都辦不到，紳士應該也沒辦法……但如果是黑夢，或許可以……」伊恩想了想，說：「按照時間推算，幾天前紳士出發的時候，安迪他們已轉入台中，他們應該沒有正面交手。這古井或許是這兩天裡，才被他們動用黑夢力量抽乾的，同時留下一批四指伏兵，他們知道我們會回來探這古井——安迪刻意避免動用黑夢的力量，而是借用艾莫和奧勒的名義，從各地調動四指過來襲擊我們，天之籟就是其中一路。他們將你們留在港口的記號抹去，又等你們分散之後才殺出，很符合齊藤鬼兵的作風，現在天之籟和其他四指殺手，或許埋伏在各處伺機而動……」

「他們將整條封鎖線全部的魄質力量搜刮走了，還吸乾這口井，但是黑夢範圍反而緊縮……」安娜說：「他們想集中黑夢的力量，以逸待勞，等我們過去決一死戰？」

「除此之外，應該沒有別的理由了。」伊恩說：「黑摩組其他人不願意釋放出更多權限，他們五人中能夠獨力指揮大局的人又只有安迪一個，黑夢的範圍如果持續擴大，漏洞相對也多……」

「伊恩，我把知道的都說完了，輪到你說說，你是怎麼從一個人變成一隻手？」老金扭了扭鼻子，睨著眼睛，扭了扭屁股，突然想起了什麼，從屍堆底下一摸，扒出個黑色的長形包裹，往張意拋去。

「哇！」張意見那包裹飛來，本能地訝然想閃，但他只覺得手上銀光閃動，是雪姑蛛絲纏住了他的手，飛快接著那長形包裹。

張意解開了長包裹上麻繩、揭開層層黑布，裡頭包著的，竟是兩個紅色的細長包裹。

伊恩斷手獨目閃閃發亮，似乎已經知道兩支細長包裹裡的東西。

張意摸著那包裹形狀，也立時猜出裡頭裝著的東西，他分別揭開兩個長包裹外的紅布——

那是伊恩那過往與老金合作時，所持的深紅色武士刀——虎咬。

和伊恩的第一把刀，刻滿符籙文字的木刀——「百咒」。

「之前我聽你說過……」老金慵懶地說：「倫敦大戰之後，你成功把愛人和那些老友都安放進了七魂裡；我聽其他人說，你拿著七魂，比當年拿著虎咬還厲害、還威風；我這次來，本來想親眼瞧瞧這傳聞是不是眞的，我把你兩把刀都帶來啦，在船上還想你一人兩隻手，怎麼拿三把刀……誰知道，你現在整個人，就只剩下一隻手啦！小子，你眞令我失望……」

老金說到這裡，打了個大大的哈欠，再伸出舌頭，將鼻子又淌下的鮮血舔去，說：

「到底是怎麼一回事？」

「這眞是……說來話長。」伊恩連連嘆了幾口氣，令張意將虎咬和百咒包裹完好，抱在懷中，說：「先走吧，讓明燈替你看看傷勢，我慢慢講。」

□

妖車駛在高速公路上，一路往北。

從南港一帶往西門町的方向望去，市中心那遼闊的黑夢樓宇，已完全相連成一座巨城，甚至有如一整塊高原地形，且在那高原之上，還有許多更加高聳參天的巨樓群。

張意本來見老金體型龐大，暗暗好奇之後座位安排，但隨著眾人走出雜貨店，回頭一看，便見到老金竟已變化成一個十歲紅髮男童的模樣，隨著眾人登上妖車，被安排在加蓋車廂裡，讓伊恩和七魂裡的明燈聯手治療他讓天之籟樂陣造成的內傷。

「小子，怎麼？我幾百年大魔，你覺得我不懂得變化人形？」

老金當時見到張意驚訝的模樣，便哼哼地對張意說。他儘管化身成人形，但說話聲聽來依舊蒼老而沙啞，據他說，變化聲音也是易事一件，只是他懶得裝孩童聲音說話。

伊恩簡略地說明了黑摩組的作爲和黑夢的力量，也敘述他帶著夜天使進入黑夢之後，中了鬼噬釘後將魂魄煉入手裡的經過始末。

「你這蠢小子怎麼還是和以前一樣，莽莽撞撞的，一點長進都沒有！」老金此時的模樣是人類孩童，窩在車廂裡的姿勢卻像隻野貓，一會兒將身子圈成一團，一會兒將後腦貼在屁股上，或是舔著自己的腳丫子，筋骨柔軟得像是沒有骨頭一般。「你不是當上你那組織裡的大頭目許多年了嗎？」

老金的年紀比伊恩大了十倍不止，過去在與他合作獵魔時，便時常以兄長前輩的姿態對他訓話；伊恩也一點不介意，且似乎眞將老金當成自己的大哥前輩般，甚至向他訴苦這段時間因爲自己失算造成夥伴們的犧牲而產生的痛苦和悲傷。

「那個安迪呀……」老金用腳扒著腦袋，說：「我倒眞想會會他，竟能夠把我這小老弟逼到這地步，哼哼。」

老金說到這裡，瞥了加蓋車廂上那小窗外幾眼，盯著窗外那探下腦袋的硯天希說：「妳這小狐狸從剛剛到現在，盯著我看這麼久，到底在看什麼？有什麼好看的？妳沒看過老虎？」

「大老虎，你看出我是狐狸啊？」硯天希自上方露台倒掛下來，腦袋向下往加蓋車廂裡望：「你眞有五百歲？」

「我騙妳幹啥？」老金哼哼地說：「我又沒裝老的習慣。」

「那你知道這世上有隻千年狐魔嗎？」硯天希嘿嘿地問。

「知道呀，這圈子裡誰不知道硯先生的大名……」老金伸著懶腰說：「我還見過他幾次呀，小狐狸硯天希，我不但知道妳爸爸的事、知道妳的事，連妳乾媽千雪都知道呀！」

「啊！」硯天希本來想藉著自己父親硯先生那千年狐魔的威名，來挫挫老金那副橫秋老氣，沒想到他說出自己的名字就算了，連養母千雪都喊出來，可驚訝得闔不攏嘴，竟砰隆隆地從上頭攀下，拉著夏又離一齊擠進這加蓋車廂中，湊到張意、長門身旁，望著老金說：「你知道那隻老狐狸就算了，又怎麼會知道我和我媽千雪？」

「我爲什麼不知道？」老金嘿嘿笑著說：「除了這幾年才崛起的什麼黑摩組、安迪之外，我知道的事可多著了！」

「你知道我，卻不知道安迪，嘿嘿，這麼說……」天希本來聽老金對安迪一無所知，卻知道她的大名，倒挺得意，但轉念一想，知道這當然是因爲硯先生名聲響亮的緣故——千年大狐魔和人類生了個孩子，成了日落圈子裡一大八卦趣談，因此傳播千里，似乎不是值得得意的事情。

硯天希一想至此，便轉移話題，對著伊恩斷手說：「伊恩，大家都喊你頭目、大哥，你以前眞那麼能打？」

「硯姑娘，我們伊恩老大可是天才中的天才、是天下無敵的天才，妳這問題也太……」摩魔火不悅地說。

「也太如何？」硯天希哼哼地說：「我又沒見過他本人動手打架，好奇問問不行？」在雜貨店一戰時，硯天希的心智仍瘋癲著，對伊恩大戰安迪那經過沒有留下太多印象。

她說到這裡，又望了望老金，說：「大老虎，我倒是感覺得出來你挺厲害的……跟我差不多厲害。我剛剛聽你們聊天，你們過去是夥伴，那你一定親眼見過伊恩動手了，他眞那麼厲害？和我比如何？」

「小狐狸，妳在說笑？跟妳比？他年輕時，剝了妳的皮做成圍巾都行。」老金想了想，說：「別說是妳，如果是過去拿虎咬刀的他，連我的皮都能剝下來了，不過我在皮被剝下之前，應當也能咬下他一隻手；至於他後來改拿七魂刀，聽說雖然沒過去霸氣，但變得更刁鑽難纏。他幾次來探我，我要他拔刀耍兩下讓我瞧瞧，他也不願意，哼！」

「很快你就可以見識到了……」伊恩苦笑。

「老金前輩……」摩魔火對老金那番話有些意見。「七魂裡那些朋友，都是伊恩老大摯愛和老友呀，又不是雜耍團，豈能動不動耍兩下給人看……」

「我也是他老友啊，且無蹤、霸軍過去見了我，也要喊我聲大哥呀，大家多認識一下都不行？」老金瞪大眼睛，正想多埋怨幾句，又被硯天希打斷，硯天希好奇地說：「伊恩拿著新刀打架跟拿著舊刀打架，有不一樣嗎？」

「不一樣吶！」摩魔火說：「老大拿虎咬刀時，無堅不摧，什麼樣的惡棍都能斬裂；後來拿著七魂時，嗯……怎麼說呢，還是一樣厲害，而且變得更加穩重……」

「其實應該反過來講。」伊恩聽眾人不停談他，且沒有停下的跡象，只好自己做出結論。「若是有人要殺拿著虎咬的我，比要殺拿七魂的我容易一些——過去的我，心中只想著斬裂四指，加上年輕氣盛，動起手來八分攻、二分守，甚至完全不守。那時的我，總是堅信面前的敵人在殺死我之前，會先被我殺倒——現在想想，以前的我太過膽大包天——雖然過去的我，確實勉強辦到了這一點……」

伊恩說到這裡，頓了頓，繼續說：「後來，我手中拿著七魂，面對敵人不能再只想著自己，我怕切月受傷、我怕明燈老師和其他夥伴受傷，再也不能像以前那樣橫衝直撞；但反過來，我顧著七魂，七魂也護著我。霸軍、老何作爲我的盾、無蹤當我背後眼睛、切月斬裂擋在我眼前的敵人、克拉克狙擊遠方敵方首腦、明燈眼觀四面掌控大局——要殺手握七魂的我，難度更高於拿著虎咬刀的我。」

「不過——」老金瞇著眼睛，瞅著伊恩斷手，說：「這是在小子你還是個『人』的時候吧，現在你只巴掌大，比那蜘蛛還大不了多少，怎麼跟那些邪魔歪道打？」

「打是還能打，沒過去靈活是眞的……」伊恩苦笑說：「就盼那種草人的人身果眞的有用。」

伊恩還沒說完，青蘋已經捧著一個巴掌大小的果子，從小陽台也擠進加蓋車廂，遞向伊恩，說：「伊恩大哥，這顆人身果差不多三分熟了，你看看……」

張意接過那人身果，只見那果實彷彿像是一大一小的百香果疊成了雪人模樣，在下半段那作爲身軀的圓球上，還生著短短的四肢。

明燈那雙閃動黃光的枯朽老手從張意懷中七魂伸出，接過那人身果，單掌托著，另一手飛快比劃施法，十數秒間，在那枚人身果上施下了七、八道咒術，才將人身果往伊恩斷手遞去。

伊恩斷手放開七魂，接過人身果，托在手上轉了轉，說：「感覺挺不錯，應該沒問題……」

青蘋用那滿是泥垢的手抹了抹額上汗水，她的座位雖然也在這加蓋車廂中，但她一心惦著那被孫大海改造的百寶樹，因此大部分時間都擠在極爲狹窄的小陽台上，時時刻刻檢查著人身果的生長進度，就怕出了差錯——她擅自作主將孫大海弄睡了擱在阿滿師三合院，獨自代爺爺上陣，因此格外用心，她可不想讓同行夥伴將自己視爲累贅。

「樹上還有兩顆果子，這百寶樹每隔兩、三天，才能長出一顆新果子，但又需要花上兩、三天，才能完全成熟……」

「啊！」摩魔火驚訝地說：「那樹得五、六天才能長出一顆成熟果子，那妳怎麼……」

「是我要她先摘顆半熟果子讓我研究的。」伊恩說：「總得先試試效果，才知道有沒有用。這些日子我和明燈在七魂裡研究過無數次新的移魂術，演練得很純熟了，卻無實際用過，在進入黑夢之前，我得實驗看看才行。」

伊恩這麼說完，斷手食指在人身果上畫了幾個咒印，人身果登時發出陣陣紅光。

伊恩手一捏，喀啦將那葫蘆狀的人身果掰成兩半。

一分為二的人身果兩處斷面上噗嚕嚕湧出一團團奇異果肉，果肉像是有生命般爬上伊恩斷手腕骨，將斷骨團團包裹起來，且不停蠕動竄生；同時，一張張黃符也自人身果冒出的果肉竄出，化為布料包覆著果肉，讓伊恩在化出人身時不致於赤身裸體。

「十一、十二、十三……」張意喃喃唸著數字，一旁的長門也跟著以手指輕輕點著腿，她肩上的神官則是像隻啄木鳥似地輕點著頭——他們都依照伊恩的吩咐，計算著這人身果化成一具完整人形所需要的大略時間——摘下戒指的黑摩組五人，速度快如閃電，從十數公尺外殺到眼前，只是一瞬間，伊恩倘若想借用人身果化出人身斬殺黑摩組，可不能等他們撲到眼前才開始施術。

張意這一數，那數字便數過了三、四百，只見那人身果循著伊恩斷手生長，一路長出上臂、軀體和腦袋，甚至是雙足——然而模樣古怪，就像是一具套著衣服但軀體變形的泥塑土偶，不僅露在衣物外的體膚是古怪的紅褐色，就連四肢也有些變形，雙腿甚至一粗一細、一長一短。

「媽呀，小子，你現在這模樣，比你剛剛那隻手還難看！」老金見到伊恩那張腫脹甚至滿布果皮紋路的棗紅色腦袋上，光禿禿地只生著幾撮頭髮，五官歪斜得像是個被揉壞了的捏麵人般，不禁連連唉聲嘆氣。

「現在的我，也沒有多餘的心力在意外表難不難看啦……」伊恩嘿嘿笑著，用怪異的姿勢擠在狹窄的加蓋車廂裡，看了看自己的古怪雙手——此時他的右手是原來那斷手，上面還嵌著那獨眼，而左手卻是腫脹得像是泡了數十天水般，五指間甚至有些相連的蹼狀組織，令他張手開闔得不太靈光，但他仍欣喜地抬頭望了望眾人。「光是能用嘴巴說話，就是一件值得開心的事了，至於——」

他說到這裡，腦袋一轉，望向張意懷中的七魂，手上獨目和臉上那一大一小的歪斜小眼睛，都微微閃動著興奮的光芒。

在此同時，妖車行駛速度也逐漸減緩。

不遠外的前方，便是路的盡頭，是那巨大遼闊的黑夢巨城建築。

四周街上沒有半個人，前方的黑夢建築就像是一個巨大而奇異的拼圖，各種年代的建築壁面交錯拼湊成了一面巨大的牆，牆上遍布著大大小小的門和窗。

此時黑夢巨城的外圍地帶與過去不同之處，是沒有一絲黑夢氣息，原本那廣大的中層和淺層地帶，似乎被刻意收斂進巨城之中——

以免成爲張意反過頭對付他們的利器。

在來到距離黑夢壁面只有兩、三公尺時，妖車終於停下，眾人紛紛下車。

夜路、盧奕翰等待在下層車廂裡的人，儘管他們都聽得見加蓋車廂裡的動靜，知道發生了什麼事，但親眼見到那自加蓋車廂裡躍下的伊恩時，可都嚇了好大一跳。

「這就是人身果……長出來的樣子？」盧奕翰瞪大眼睛，望著眼前那活脫像是電影裡身中奇毒邪咒的醜陋怪人般的伊恩。

「我們只是在試驗人身果的效力。」青蘋解釋著：「那人身果還沒完全成熟，伊恩大哥說還會再調整法術……」

伊恩倒是對自己這副醜怪模樣不以爲意——他舉著右手，能夠透過右手背上的獨目，瞧見自己的長相，他哈哈笑著，一面轉頭四顧，興奮地拍了拍張意和長門的腦袋，跟著高高一躍——

他這一躍，腳上也使上了騰空法術，足足跳起將近一層樓高。落地後，他開始往前奔跑，踩上黑夢建築壁面上幾處橫生出來的古怪招牌或是窗框，幾個踩跨便踏上數層樓高一處港式橫招牌上，那身明燈黃符化成的黑色大衣隨風展開，令他遠遠地看起來，當眞像個電影裡的恐怖怪人。

「老大，當心吶！」摩魔火在張意腦袋上緊張喊著：「那是黑夢樓房，說不定有陷阱……」

摩魔火還沒說完，伊恩便翻了個筋斗，從數層樓高的招牌一躍而下，藉著瞬間施在腳下的緩衝法術，安然落地，像陣風般竄回張意身邊，在張意還沒意識到發生什麼事之間，伊恩已經將七魂拿到了手上。

伊恩左手握著刀鞘，右手握著刀柄，發了幾秒愣，跟著陡然轉身，飛快拔刀朝著後方數公尺外的黑夢巨城壁面閃電一劈。

一道數公尺高的紅光筆直地劈在黑夢巨城牆面上，劈開一道十餘公分寬、數公尺高的豎直巨痕。

「感覺怎樣？伊恩大哥？」青蘋急急地問：「人身果和你的魂契合嗎？有什麼需要改進的地方？」

「感覺啊……至少接近過去的七成吧……」伊恩望著手中的七魂，像是有些感動自己又能夠以過去習慣的方式持刀，他身形微微一動，像是想要揮第二刀，但雙腿突然一軟，身子古怪地垮下。

長門立時伸手托住伊恩胳臂，卻像是抓著一灘爛泥般——人身果的果肉碎爛散開，黃符化成的衣物也化成了灰燼，伊恩又變回了那斷手。

「啊！」青蘋訝異且失望地蹲下，從地上捏起那人身果肉碎醬，反覆檢視，喃喃地說：「時間怎麼會這麼短？就算人身果還沒成熟，也不該……」

夜路輕輕頂了頂盧奕翰，低聲問：「有沒有五分鐘？」

「嗯……」盧奕翰想了想，說：「好像沒有……」

「老大……」摩魔火從長門手上接回伊恩斷手，急急地替他拍去腕上的果肉，說：

「我們趁現在回頭，把那孫大海找回來還不遲，如果是這種身子，可不能進黑夢和黑摩組打呀……」

「不……」伊恩斷手上獨目閃了閃，盯著蹲在地上反覆檢視一地碎爛果肉的青蘋，說：「她已經相當努力了，這與她無關，一路上她施法時的手法雖然不夠老練，但並沒有出錯。要是換成老孫，未必有這樣的體力和我們一路奔波。我想問題出在我和明燈的移魂術上——」

「如果……」青蘋抬起頭，眼眶有點紅，像是心有不甘，她說：「我盡量讓百寶樹多生幾顆果子，讓伊恩大哥你多研究幾次，會不會好一點？當然，我會保留其中一、兩顆果子，讓它們持續成長，作爲之後你的正式假身。」

「這樣再好不過了……」伊恩點點頭，跟著說：「各位，做好準備了嗎？」

眾人聽伊恩這麼說，又望了望前方壁面上那巨大裂口，都明白伊恩的意思，紛紛相視一眼，都提起腳步，朝黑夢巨城壁面上那條裂口走去。

「等等、等等呀！」小八急急地嚷嚷著：「那個洞那麼窄，妖車怎麼擠得過去？眼睛手老大，你能不能多切幾刀？把那個洞……」

小八還沒說完，老金已經來到那裂縫前，將腦袋往前挺了挺，像是在感受著自那黑夢壁面縫隙裡吹出的氣息，跟著，眼睛一瞪，用那雙白白嫩嫩的細瘦孩童胳臂猛力一扯，將那裂縫一口氣扯開了好幾倍大。

巨大的風颳捲出來。

張意的手被雪姑銀絲捲著，握著七魂自老金頭頂直直往前舉出，七魂明燈灑開一片符，符籙在老金面前結成一面圓盾，使那自黑夢巨城壁面縫隙裡吹出的風，不致於吹昏了老金和身後眾人。

□

「我爲什麼要戴這頂醜帽子？」硯天希在妖車旁，與安娜僵持不下。

「大小姐，我眞是爲了妳好……」安娜苦笑著捧著一頂毛線帽子，那毛線帽子有兩層，中間夾著一枚枚竹籤，那是個小型針陣——此時他們人人身上除了戴著穆婆婆準備的護身符包外，也藏著各式各樣能夠抵禦黑夢的符籙和小道具。

「天希，妳就戴上吧。」夏又離自安娜手中接過那帽子，說：「這帽子很適合妳，妳戴著很漂亮呀。」

「是嗎？」硯天希聽夏又離這麼說，這才接過帽子往頭上戴，調整半晌只覺得不習慣，想瞧瞧模樣卻找不著鏡子，左顧右盼見一旁的夜路朝她探頭探腦，便說：「你看什麼？你對我這帽子有什麼意見？」

「我沒什麼意見，只是……」夜路攤了攤手說：「我們只是很好奇，妳的耳朵……」

「好奇什麼？我耳朵怎麼了？」硯天希瞪著眼睛撥了撥頭髮，揉揉自己的耳朵。

「好奇妳頭上生出狐狸耳朵時，人類耳朵會跑去哪……」夜路乾笑了笑。

「什麼廢話？」硯天希哼哼地又摘下帽子，搖頭晃腦，晃出那雙豎在頭上的狐狸耳朵，又拉了拉她兩頰後方的人類耳朵讓夜路瞧：「我變出狐狸耳朵，人類耳朵也在原位上！」

此時硯天希雖同時生著人類耳朵與狐狸耳朵，但看上去倒也不突兀，就像是角色扮演時戴著頭飾道具一般。

夏又離又是一番好言相勸，硯天希這才將那藏著針陣的毛線帽子乖乖戴上——這隊伍裡除了她自己以外的大部分人，都害怕她又讓黑夢影響，像之前一樣瘋瘋癲癲、六親不認。

前方，老金已經將那黑夢巨樓壁面上的裂痕扯得更開，足以讓一輛公車駛入；後頭，除了張意和老金以外的人，都在安娜指示下，紛紛上車。妖車裡布置著嚴密的針陣，再加上張意那彷彿能擋下任何攻擊的結界力量，可是座絕佳的移動堡壘。

張意走在最前頭，老金仍維持著那孩童模樣，用手枕著頭，跟在張意身後——他身上並未戴著任何防禦黑夢的符籙，也不聽從伊恩建議上車——有著五百年歲數的他，過去一向以伊恩的老大哥自居，這次遠從日本渡海而來，可自認是過來關照這小老弟的。

「嗯？」老金本來對前頭黑夢裡透出的古怪氣息感到好奇，正迫不及待想進去摸索，突然感到身旁一陣金光罩來，回頭一看，竟是七魂明燈伸手對他施法，不解地問：「幹啥？這是保護咒術？還一口氣施了五種？」

「是啊。」伊恩說：「我還真怕你被黑夢控制了腦袋反目殺我，現在我這樣子，肯定打不贏你了。」

「這結界眞這麼厲害？」老金雖然高傲，卻不像硯天希那般頑劣，他深知伊恩身手和見識，見伊恩如此謹慎，便也不敢大意，抖抖雙手，捧起一團紅火往臉上拍了拍，像是洗臉一般，說：「我過去不是沒有見識過這種會干擾心神的法術，我也有我的招數——當年倫敦那晚大戰，他們使出一堆怪法術鑽進我腦袋裡，嚷著要我食你肉、飲你血、拆你骨、啃你心肝脾肺腎，我可沒照著做。」

「你是五百年虎魔，天底下能害著你的法術還眞不多。」伊恩說：「但這結界是一個千年大魔聯合了四指，投入大量資源、耗費近百年打造出來的東西——而使用著這力量的傢伙，也是百年難見的厲害人物。」

「我盡量小心點就是啦！」老金哼哼地說，又托起幾團火，往腦袋上抹了抹，讓整頭紅髮像是燃燒起來一般。

此時的張意，左手提著七魂，腰際以蛛絲纏著那裹著紅布的虎咬刀和百咒，看來像是個古代劍客般走在妖車前頭，緩緩踏入黑夢巨城壁面裂縫中。

他走入一處詭怪客廳——

巨城外的大街是晴朗的白晝，裂縫裡那客廳，卻陰暗得像是深夜時分。

客廳裡的電視機沙沙閃爍著像是訊號不佳的黑白碎紋，地上散落著報紙、雜物，有幾扇窗垂著厚重的窗簾，幾條廊道傳出奇異的呻吟，那呻吟中夾雜著像是悲鳴、又像是詭笑的異聲。

黑夢是這城市裡所有人的記憶融合而成的夢境，且似乎都是些較負面的記憶，瀰漫著各種離奇鬼怪的陰暗氣息。

「師弟，你在發抖？」摩魔火伏在張意頭上，感受到張意腦袋上發出一陣陣的微微顫抖，不禁有氣，說：「我在你頭上、老大在你手上、老金前輩在你旁邊，後頭還有大軍跟著，這樣你還會怕？」

「沒啊……我沒抖……」張意這麼說，回頭只見那妖車緩緩穿過裂縫，駛進這客廳，車頭小陽台上的百寶樹在青蘋施術改造下矮了一大截，變成了數十公分高的小矮樹，以免撞著天花板。因此也使得掛在樹梢間那兩枚人身果更加醒目；一直窩在加蓋車廂頂部的硯天希和夏又離，也擠入底下車廂，讓這妖車得以順利開進客廳。

「張意，你可以試著戴上戒指了。」伊恩這麼說。

「是……」張意聽伊恩這麼說，立時取出那莫小非的戒指戴上——

他感到一股前所未見的巨大的力量，從四面八方擠壓而來，壓上他全身，滲入他皮肉骨骼內臟裡——但這樣的力量，卻不怎麼令他難受，反而讓他覺得自己像是化散成煙霧般，和四周融合成爲一體。

「他們不在附近……」張意此時眼睛半睜半閉，像是作起了白日夢。

「你能像上次一樣，見到那壞腦袋嗎？」伊恩問：「我們得先確定他在哪兒。」

「嗯……」張意點點頭，讓思緒往前游移，他覺得自己的意識和視野能夠穿過這客廳壁面，穿透一間間房、一棟棟樓、一條條街——

但是他卻不知道要去哪兒。

和前一次不一樣。

前一次，他覺得自己有點像是咬著釣線的魚，又或是落入水中漩渦的葉子，自然而然地流向那壞腦袋藏身處，但此時他閉目感應半晌，卻無任何力量，或是跡象來指引他。

但他大致還記得那壞腦袋藏身的位置。

那一帶是他長年混跡的地盤——西門町。

他讓意識飛梭前進，穿過一棟棟黑夢樓房。雖然此時整片台北幾乎都籠罩進黑夢巨城裡，但原本的市街構造並未改變，張意鎖定了大致方位，一路逼近黑夢核心。

僅一、兩分鐘，他的思緒便已來到那萬古大樓前——

此時他的視野，落在萬古大樓外的街道上，原本抬頭就能見到天空的街道上方，早已被各式各樣的加蓋建物遮蔽起來，全成了黑夢巨城的一部分。

萬古大樓那慣見的霓虹招牌還懸在原本的位置，張意的意識倏地鑽入大樓裡。

「壞大哥、壞大哥，你在哪兒？」張意試著向壞腦袋喊話，卻得不到任何回音。

此時與四周建物相連成一片的萬古大樓，各樓層若非是空曠陰暗的遼闊空間，就是塞滿了各式各樣古怪房間，他的意識像是無頭蒼蠅般往上亂竄了幾層，穿過無數間房，卻不知道壞腦袋那灰色小房間究竟深藏在哪兒。

「嗯？壞大哥，是你嗎？」

張意突然覺得有股奇異力量盯上了他，那力量如影隨形，他的意識游移到哪兒，那力量便跟到了哪，如同陰影、如同鬼魅。

「原來是眞的。」一個奇異的聲音突然在張意耳際響起。「孩子，告訴我，你是如何辦到的？」

「哇？你……」張意嚇了一跳，他停留在萬古大樓中的視野陡然旋轉起來，像是想要找出那說話聲音來源，但什麼也沒看見。「你是誰？你是壞大哥嗎？你的聲音怎麼跟上次不一樣？」

此時他聽見的那說話聲音，雖然也十分古怪，但與上次見到的壞腦袋又有些不同。壞腦袋的說話聲音像是卡通片裡的擬人動物，現在這聲音卻像是電腦合成音效般冰冷扁平。

「他只戴上戒指，就能夠使用黑夢的力量了？」又有另一個不同的聲音在張意耳邊響起。「難道他的天賦超過了我們？」

這個聲音聽來像是女人，但說起話來，忽而蒼老，忽而年幼，判斷不出年紀。

「你們到底是誰？是黑摩組的人？」張意驚恐地嚷嚷叫著：「壞大哥、壞大哥！你在嗎？他們把你關去那兒了？爲什麼他們也能對我說話？」

「妳能抓得住他嗎？」

「我不能，他像是雲、像是煙，更像是風，摸不著也看不著，我只能感應出他大概在哪——但我聽得見他說話，他在對那壞腦袋說話，他想找他。」

「我和妳一樣……嗯，黑夢東側出現了裂口，那是伊恩用刀斬出來的。他們來了。」

「呃！」張意聽見那兩種聲音竟在他耳際旁交談起來，但從那談話內容判斷，那兩個傢伙似乎看不見、摸不到他，卻能察覺出他的意識，且能聽見他以意識呼喚壞腦袋——

陡然，他感到其中一股力量向他籠罩而來，彷彿掐著了他咽喉、握住了他心臟般，令他感到窒礙難受。

「我抓住他了！」那女人聲音高呼起來。

「唔！」張意痛苦地掙扎起來，他感到那力量極爲難纏，像是追魂鬼魅般鉗住他全身要害，和他死命糾纏在一起。

同時，他感到另一股力量也飛快竄來，兩股力量幾乎就要合而爲一。

「師弟……師弟、師弟、師弟！」摩魔火奮力拍打著張意臉頰。「發生什麼事？你看見什麼了？」

「啊！」張意終於睜開眼睛，手腳胡亂掙扎好半晌，才被老金一把抓住，望著他說：「小子，你作惡夢呀？」

「咦？」張意此時滿頭大汗地癱坐在地，左顧右看，只見四周是他剛剛進來的那黑夢客廳，後頭妖車上的乘員像是等候許久，都紛紛探出頭來望著他。

「突然冒出兩個人，我看不見他們的樣子，但能聽見他們說話！」張意抹著汗，大致解釋他剛剛那十幾分鐘的神遊經過。「我找不到壞腦袋……」

「是艾莫和麗塔。」伊恩聽張意那麼說，立時知道張意描述的那兩個人，便是協助安迪造這黑夢的四指前任頭目艾莫，和他妻子麗塔。

「喂，這小子找不到你說的那大魔，那我們該往哪去？」老金問。

「先往西。」伊恩說：「他們核心在台北的西門町一帶，逼近那兒，應該可以發現更多線索——至少我們現在知道，艾莫和麗塔有辦法『抓住』張意的意識。」伊恩說到這裡，頓了頓，對張意說：「往後你透過戒指使用黑夢力量時，要格外小心，艾莫和麗塔的力量甚至在紳士淑女之上──」

「喂，往西是牆。」老金掀翻了一張長沙發，用手指點了點擋在他面前那堵牆，跟著在牆上敲了一拳，將牆敲出一個大洞，坍垮成一堆碎磚後又化成焦煙。老金望了望牆洞裡頭，說：「牆外面是走廊，走廊後面大概又是房間，難道我們要這樣一路破牆打到你們說的那地方？」他說到這，指了指妖車。「還要打出能夠讓那怪車子通過的洞？」

「張意。」伊恩斷手獨目眨了眨，對張意說：「你說你能控制這黑夢裡頭的建築物？」

「當時可以，現在……」張意點點頭，吁了口氣，微微抬起那戴著戒指的右手，閉起眼睛。

他覺得閉上眼睛之後看見的世界更爲開闊。他張開右手，張張闔闔，感到自己的手像是玩泥塑般地抓捏著黑夢造出的一切東西──

眾人見到張意身前豎起一隻古怪大手，還以爲宋醫生大駕光臨，嚇了一跳，但見張意沒有反應，又見那大手隨著張意手勢緩緩張闔，這才知道那怪異大手是張意使用黑夢力量展現出的實體，這才鬆了口氣。

只見那像是以各種雜物堆砌黏合成有如裝置藝術品的大怪手，一把按上眼前擋路的客廳壁面，轟隆一聲便將牆壁推開一個大洞，碎裂的磚塊有些黏上了大手，與大手融合爲一，有些落地後消失。

「哦！哦哦！」張意睜開眼睛，見到那大手竟像是具遠端操縱的機械手臂般，能受自己隨心控制，不由得感到有趣，他手揮了揮，驅使著大手將左右壁面扒出大洞，將地板上的桌椅雜物全掃到了角落，清出了一塊空間。

張意繼續往前走了幾步，左手舉著七魂也晃了晃，他面前又出現一隻大手，一左一右地開路。

伊恩見他雙手並用，便指揮雪姑將七魂連同自己斷手一併綁上張意腰際，讓他騰出雙手，指揮著兩隻大手又捏又揉地一口氣清出好長一段路。

妖車緩緩跟著那不斷扒開牆壁、掃開家具、掀桌翻櫃開路往前的張意身後，往前駛出百來公尺。

妖車裡頭，由於硯天希擠進了後車廂，安娜和郭曉春便登上了加蓋車廂裡，青蘋依舊蹲在那小陽台上照料著她那百寶樹。安娜還特地指揮妖車，使那加蓋車廂前端伸出金屬屋簷、加高小陽台欄杆與屋簷相連，令那小陽台猶如違章外推般成了「室內」的一部分。安娜在那欄杆上綁上新的「針」，將妖車內的針陣範圍略微擴大，以免青蘋受到黑夢影響。

安娜正檢視著那推出的小陽台四周有無漏洞，見到夜路攀著梯子擠上加蓋車廂，不悅地問：「你又來拉屎？」

「是啊……」夜路攤了攤手。「我的腸道喜愛乾淨，不喜歡藏著髒髒的東西。」

小陽台便只一個駕駛座那麼大，小陽台的右側空間，便是那極其狹窄的蹲式小廁所。蹲式小廁所那便池空間由於經過安娜施展結界，「容量」比實際看上去要大了許多，那便池裡囤積的東西，便作爲百寶樹的養分之一。

夜路側著身子擠出加蓋車廂小門，與安娜擦身而過，鑽進蹲式小廁所裡，說：「而且我也想替伊恩大哥貢獻點什麼……」

「閉嘴。」安娜冷冷地說：「你要拉屎就乖乖拉，別一直囉嗦得讓我分心，要是我一不小心結界術失手，讓你掉進糞池裡就不好意思了。」

她這麼說的時候，還伸手在小廁所鐵皮上敲了敲，裡頭的夜路見腳下隔板突然變成鐵網，能夠見到底下的「養分」，嚇得大叫：「好！我不說話，妳別亂來啊！」

安娜聽夜路這麼說，這才使地板恢復原狀。

「真是的……」夜路隨手拿起擺在小廁所角落的除臭噴霧，四處噴了噴，低聲埋怨地說：「會結界了不起喔，有財，你也會結界不是嗎？」

「我是會呀。」有財從他手上探出頭來：「但比起安娜姊姊的結界術，差得遠了，哎呀……夜路，你噴那麼多芳香劑幹嘛？熏死了！」

「你這什麼態度，這廁所是公共空間，我得保持氣味清新。」夜路解釋，仍不停噴著除臭噴霧。「外頭就是青蘋的工作空間，要是味道傳出去，多不好意思啊……」

「你也會不好意思？」有財說：「我以爲你的羞恥心從很久以前就消失了。」

「這什麼話？」夜路脫了褲子，雙手按著狹窄廁所兩側鐵皮牆面，咬牙使勁，突然感到車身猛地一震，嚇得連才剛冒出的屎都縮回半截，連連大嚷起來：「安娜，拜託別鬧……」他還沒說完，車身又左右搖晃起來。

同時車身四周，發出了一陣陣碰撞聲。

「怎麼回事？四指殺到了？」夜路這才驚覺不對，只見鐵皮高處那透氣小窗外突然冒出一顆古怪鬼頭，像是要往廁所裡頭鑽，嚇得連忙舉手對準了那鬼頭，大喊：「沒見到廁所有人啊，你有沒有禮貌，滾——」

鬆獅魔大口一吼，飆出巨吼，將那惡鬼連同廁所大半面鐵皮都颳飛老遠。

「哇——」夜路可沒料到鬆獅魔這一吼，幾乎拆了這鐵皮廁所，他這才見到四周那大大小小的房間、客廳，都擁出大批惡鬼，往妖車團團圍來，同時有些零星的四指成員，正遠遠地觀戰。

地板上竄出一隻隻古怪鬼身，有的扒抓妖車輪胎、有的搥打妖車車廂，使妖車搖搖晃晃震動著。

前頭，老金已經化出了巨大虎身，兩隻大掌揮了揮，幾記巨大虎掌波動彷彿天雷墜地，將前方衝來的千百惡鬼，全碾成了如同大餅般的碎泥。

然而老金不久之前，才在穆婆婆雜貨店裡和天之籟大軍惡戰，內傷未癒，只揮幾爪，口鼻又淌下血，只好翻了個筋斗變回那紅髮男童的模樣，退回妖車車廂裡休息。

伊恩則是擔心黑摩組成員隨時出現，刻意保存體力，不敢親手握刀殺敵，便只下令七魂諸將出戰迎敵。

無蹤、霸軍一左一右守衛著張意，將兩、三個竄近突襲的四指成員擊退。

克拉克在張意背後現身，狙擊遠處的四指成員。

這批四指成員各個戴著古怪面具，持著一雙彎刀，跳著古怪戰舞；遠處還有些四指成員或作道士打扮，或拿著各種怪異法器、大鐔，有的放出鬼群、有的召出異獸，他們與先前攻打阿滿師三合院那些四指成員一樣，全是在黑摩組以奧勒或艾莫名義，從外地調動來的殺手——

這幾天協會停留在海上的主力撤走之後，各地四指那些待命小船，便得以紛紛登陸支援黑摩組。

硯天希拉著夏又離召出了破山大拳，磅啷啷地擊飛那些試著狙擊妖車的惡鬼，郭曉春則開了護身傘，指揮著傘魔協助安娜守護妖車。

夜路蹲在車頭上，扶著周圍殘存的鐵皮咬牙拉屎，由於這小廁所的鐵皮被剛剛鬆獅魔那一吼給震飛大半，此時他等同接近露天拉屎，又急又羞地罵：「什麼時候不開戰，偏偏挑我大便的時候開戰！」

「夜路，你拉快點啊！」有財自夜路肩頭上探出，對著外側竄來的惡鬼打出迷魂爆，鬆獅魔則竄在夜路掌上四面開吼，但他那雄渾吼波的後座力可不小，朝著左吼就會將夜路向右推、朝著前吼就會讓夜路往後晃，令夜路最後半截屎怎麼也拉不順暢。

「你在幹嘛啊？」青蘋擠進小陽台指揮著黃金葛保護百寶樹，見夜路褲子褪到一半，蹲在那被掀去屋頂和外牆的小廁所裡埋頭苦戰，撇過頭嚷著：「快點呀！」

「我……我已經盡量快了，就……就剩最後……啊！」夜路哀號著卯足全力，終於將腸子裡最後一截屎逼出體外，正伸手要拿衛生紙，但妖車左側高處竄來一個飛天惡鬼，要襲擊小陽台上的青蘋，有財驚呼下令，鬆獅魔拖著夜路胳臂對準那竄來的惡鬼吼出一聲巨吼，將那惡鬼炸飛，也將夜路震得往外翻倒，跌下了車。

「哇靠！」盧奕翰本來和小蟲在妖車後方護衛，聽到右側有人哀號連連，繞來探視，見到夜路姿勢詭異，一手舉著鬆獅魔，一手捏著衛生紙擦屁股，紛紛叫罵起來：「你在幹嘛？」

「我在做一件大家平時都會做的事情，但無奈在錯誤的時機下碰撞出錯誤的火花……」夜路無奈解釋，他的胳臂受制於忙著大吼的鬆獅魔，無法隨意行動，只好用眼神指著落在一旁那半包衛生紙，說：「幫個忙，一張不夠呀！」

「我操！你這小子噁不噁心？擦屁股滾遠點擦！」小蟲一腳踏著一個惡鬼，一手還揪著一個惡鬼猛擊，見到夜路半蹲半跳地往他躍來，要撿落在他腳邊那包衛生紙，氣得抬腳將衛生紙踢飛老遠。

「哎呀！」夜路只好轉向，蹦蹦跳跳地去撿。

「來了！那個人來了——」張意怪叫著，時而閉上眼，時而睜開眼，左顧右盼。

他的視線停留在左側一處牆面上。

他感到百來公尺外的高處，佇著一股力量，正是剛剛萬古大樓裡與他意識糾纏的兩股力量之一。

張意隱約感到那股力量凝聚成一個人形，卻又不是活人，也不是鬼或者魔，似乎與他利用黑夢飄移竄遠的意識有些類似。

他感到那「人」揚了揚手。

四周黑夢建築壁面紛紛垮裂，砸落在地的磚牆、家具、招牌和雜物化成一隻又一隻的惡鬼異獸，往張意擁去。

「來吧，孩子，讓我們仔細看看你身體裡，究竟藏著什麼力量？」

那「人」彷彿在對他說話。

「我……我也不知道啊！」張意本來操縱著兩隻黑夢大手，持續扒抓擋在他前方的建築結構，但見前頭擁來了大批惡鬼，只得怪叫著擺出外行人的拳擊架勢，胡亂掄拳——

豎在他前方的兩隻雜物巨手也握成拳頭，像是兩支巨大破城槌轟隆隆地將那些惡鬼連同黑夢建築一同掃平或打遠。

那些碎爛惡鬼們的軀體，突然又凝聚成爲一體，變成了一頭巨大凶獸。那凶獸模樣似虎似豹，但體型卻接近恐龍，比遊覽車還巨大，朝著張意奔衝撞來。

「哇！」張意連忙抬手一擋，令一雙黑夢大手掐住那惡獸嘴巴。

「噢？」遠處那人不停揮手，催促凶獸往前，且在四周召喚出更多惡鬼，一隻隻撲上那凶獸、鑽進那凶獸身體裡，讓那凶獸體型變得更加龐大，甚至生出第二顆頭、第三顆頭——

但下一刻，張意指揮的黑夢巨手竟也跟著融入了那凶獸頸子裡，凶獸發出了幾聲古怪的吼聲，竟像是被撞散的積木般嘩啦啦地崩裂碎散開。

從凶獸體內炸出的各式各樣的家具、招牌、惡鬼，全融入了張意那兩隻黑夢大手裡，變成了張意黑夢大手的一部分。

「太完美了……」那人見到前頭這情況，似乎大大吃了一驚。「難怪他們這麼怕你，這是他們夢寐以求的力量呀……」

那人這麼說完，倏地又退出好遠。

張意喘著氣，像是陷入了奇異的夢境般，高高舉起前方那吞食了巨大凶獸之後的巨手，往前轟隆一劈，像是一棟高樓或是一株參天巨樹倒塌般，將前方百來公尺砸開一條有如廢墟碎石般的闊道。

四周黑夢建築持續崩裂，惡鬼們紛紛消失，四指殺手也像是受到了新命令般逐漸撤退。

眾人在原地逗留半晌，見不再有新攻勢，這才紛紛上車，妖車再次緩緩駛動。

「我覺得他們在觀察你……」伊恩這麼對張意說，他令雪姑以蛛絲結出了巨型蜘蛛，且在蜘蛛背上造出了一張方形四人坐的座椅，供張意乘坐，以免張意累壞。

與張意同坐在蛛背上的人，還有長門、安娜和老金。

「我想艾莫和麗塔可能想藉由觀察張意在黑夢裡的一舉一動，找出破解壞腦袋『第十道鎖』的方法。」伊恩緩緩地說：「接下來，或許會像是一場賽跑——如果我們先抵達黑夢核心，奪得黑夢的控制權，就是我們贏；如果他們先破解了第十道鎖，獲得和張意一樣的黑夢權限，那麼我們就輸了。」

「所以他們會派出更多四指殺手，減緩我們往黑夢核心推進的速度……」安娜這麼說：「這樣一來，會變成持久戰，我們得輪流上場，不能每次都一堆人殺下車、再擠上車……」

「對。」伊恩斷手繼續說：「你們得分成幾班次，輪流保護張意——雖然不太明顯，但我感覺得出來，張意在使用黑夢力量的時候，身體裡的魄質也會逐漸消耗，我們得適時讓他休息；除此之外……雖然魏云替我調整了斷手，延長了睜眼時間，但我還是得休息。」

「好，這部分交給我安排。」安娜說：「我會盡可能讓大家在抵達黑夢核心時，還能夠保持充足的精神與黑摩組決一死戰；而不是一群累癱了的可憐蟲，讓他們以逸待勞輕鬆宰殺。」

「我很慶幸這支隊伍中有妳。」伊恩笑了笑說。「如果妳是黑摩組中的一員，替安迪策劃一切，那我可要豎白旗投降了。」

「能夠得到晝之光大頭目這樣的評價。」安娜笑著說：「就算這筆生意賺不到一毛錢，我也接了。」

在接下來的數小時裡，張意努力地在漫長的黑夢巨城中闖出長道，讓妖車緩慢地往西前進了數公里；伊恩和安娜則是指揮著妖車上眾人，擊退了幾波敵軍。

在妖車更接近市中心時，四周的黑夢氣息比先前更加濃烈了數倍，令本來大膽的老金也不禁謹慎地呼吸，他聞到那漫無天日裡的黑夢建築中氣味裡，飄著像是濃縮著許多人一生的悲傷和痛苦。

儘管妖車裡布下了嚴密的針陣，但車裡的人依舊清晰感受到外頭那巨大的壓迫，彷彿將手腳伸出車外，就會被黑夢咬去一般。

張意有些疲累了，硯天希的頭開始痛了，伊恩覺得自己需要休息了。

妖車停在下一處像是體育館和大禮堂胡亂拼裝成的大空間中央，結束了這一日的推進，進入守夜狀態。

青蘋指揮著黃金葛在妖車外結出防禦圍籬，安娜指揮著娃娃攀上那黃金葛圍籬觀望四方，明燈拋出大片符籙貼上黃金葛圍籬和妖車外側。

負責守夜的盧奕翰坐在駕駛座上發呆，夜路則盤腿坐在車尾，用不打擾到眾人休息的音量，輕輕按著筆電鍵盤，緩緩地鍵著一個個字。

得以休息的眾人們卻輾轉難眠，所有人都知道——

花招多端的黑摩組，絕不會讓他們輕易地度過這漫漫長夜。

《日落後長篇10》完

After Sun Goes Down

日落後

下集預告

這支由伊恩帶領的最後突擊隊，深入黑夢，往核心推進；為了迎接貴客伊恩的到來，黑摩組準備了各種花招，來款待這支妖車突擊隊。

日落後 / 星子著. -- 初版. -- 臺北市 : 蓋亞文化, 2016.08
冊；　公分. --（悅讀館）

ISBN 978-986-319-220-6（第10冊 : 平裝）

857.7　　105004168

悅讀館 RE344

日落後 長篇 10

作者／星子（teensy）
插畫／BARZ
封面設計／克里斯
出版／蓋亞文化有限公司
地址◎台北市103赤峰街41巷7號1樓
電話◎（02）25585438　傳眞◎（02）25585439
網址◎http://gaeabooks.pixnet.net/blog
粉絲團◎https://www.facebook.com/Gaeabooks
電子信箱◎gaea@gaeabooks.com.tw
投稿信箱◎editor@gaeabooks.com.tw
郵撥帳號◎19769541　戶名：蓋亞文化有限公司
法律顧問／宇達經貿法律事務所
總經銷／聯合發行股份有限公司
地址◎新北市新店區寶橋路二三五巷六弄六號二樓
電話◎（02）29178022　傳眞◎（02）29156275
港澳地區／一代匯集
電話◎（852）27838102　傳眞◎（852）23960050
地址◎九龍旺角塘尾道64號龍駒企業大廈10樓B&D室
初版一刷／2016年08月
特價／新台幣 220 元
Printed in Taiwan

ISBN／978-986-319-220-6

GAEA

Gaea